JN307159

密愛調書

Hotaru Himekawa
妃川螢

CHARADE BUNKO

Illustration

汞りょう

CONTENTS

本作品の内容はすべてフィクションです。
実在の人物、団体、事件などにはいっさい関係ありません。

密愛調書

1

万年筆を持つ手に思わず力が込もって、記入していた書類に穴があく。白い眉間にこれでもかと縦皺を寄せ、見城は怒鳴った。

「鳴海刑事！」

本当にもうどうしてくれよう、この問題児！

泣く子も黙る監察官の呼び出しを食らっているというのに、煮ても焼いても食えない捜査一課のエースはまるで悪びれない態度。今日も見城の監察を柳に風で受け流すのだ。

「怒った顔も可愛いですよ、警視殿」

フレームレスの眼鏡の向こうから、気障なウインク。見城は、万年筆を握る手を憤りに震わせて、ふざけた揶揄をなんとか受け流す。

「……訊かれたことにだけ答えなさい、鳴海廉警部補」

「はいはい」

「はい、は一回で結構」

ひょいっと肩を竦めて、それから「はい」と応じる。その態度がすでにふざけていて、見城はこめかみにピキリと青筋を立てた。

「あなたという人は……！　いったい何度忠告したらわかるんですか！　いくら犯人が検挙できたからといってあきらかな違法捜査は――」

皆まで言う前に、向かいのスチール椅子に足を組んでいた鳴海が腰を上げて、見城は言葉を切ってしまう。デスクを回り込んでくる長身を逃げ場もなく見上げていたら、指の長い綺麗な手が頤に触れた。

「……っ！　廉っ」

唇の端で甘い音が鳴って、見城は慌てて小声で窘める。

個室にふたりきりなのだから誰の目を気にする必要もないのだが、どうしても後ろめたい。なんといっても今は勤務中だし、何より鳴海に対する監察は上からの通達による大真面目なものなのだ。

「ふざけないで、ちゃんと話を……っ」

「処分は？」

どうせまた口頭注意だけなのでしょう？　と、平然と問い返されて、見城はまったく反省の色の見えない美丈夫を精一杯睨み据えた。

たとえ秘密の恋人関係にあったとしても、ここでは監察官と一捜査員なのだ。

「鳴海警部補」

咎めるように呼んで、着席を促す。

「そんな目で睨まないでくださいよ。——ますますいじめたくなる」

「……っ!? ちょ……っ」

見城の忠言など右から左に聞き流し、鳴海は見城の二の腕を摑むと、椅子から引き上げ腕のなかに囲い込んでしまう。

「ちょ……、何…を……、……んんっ」

窓に押さえ込むような恰好で唇を合わされて、見城はスーツの肩にすがった。

布越しに感じる筋肉の厚みとインテリ然とした風貌との間に生じるギャップこそが、鳴海の素の顔だ。フレームレスの眼鏡を外せば、途端に現れる危険な男の顔。

警察は体育会系の組織だ。そんななかで余計な波風を立てることなく生き抜くために、鳴海が身につけた処世術。

その二面性こそが、カンだけでも計算だけでもない、捜査一課のエースとまで呼ばれる刑事の比類なき能力の基盤だが、しかし余裕がありすぎるのも考えものだ。毎回毎回呼び出しのたびに、同じやりとりを繰り返すことになる見城の立場も考えてほしい。

制服の襟元を乱されかけて、不埒な指を懸命に払う。すると今度は長い足に太腿を割られて、見城は細い背を震わせた。

「廉……やめ……っ」

ベッドの上で施される濃密な愛撫に近いほど濃厚な接触。今にも理性を手放そうとする欲望と闘いながら、見城は深く合わされる口づけに対して、軽く歯を立てることでそれを制した。

だが、より深く嚙み合わされて、喉の奥までまさぐられる。

ジャケットの合わせから忍び込んできた大きな手に、ワイシャツ越しに胸の突起を抓られて、見城は白い喉を震わせた。掠れた悲鳴は、口づけにさらわれて零れない。

鳴海の肩にすがる手から力が抜けてやっと、濃厚すぎる口づけから解放された。

長い睫を震わせ、荒い呼吸に肩を喘がせる。白い瞼を上げれば、眼鏡のブリッジをなおす男の相貌が目の前にあって、見城は色素の薄い瞳を瞬いた。

「……？　何か……怒ってます、か……？」

ただ監察を誤魔化すためだけの不埒ではないように感じられたのだ。

痺れて腫れぼったい唇を懸命に動かせば、いなすように軽く食まれる。同時に零れる微苦笑。

「妬いてるんですよ」

薄いグラスの奥の眼差しが細められて、そんな言葉が返された。

「……？　なん…で……？」

何をした覚えもない。

ずっと事件捜査に駆けずりまわっている鳴海とは、ここしばらくゆっくりと過ごす時間をつくれないでいるけれど、すれ違いを生むほどのものでもないはず。

潤みを帯びた瞳を戸惑いに瞬かせれば、男の口許に浮かぶ意地の悪い笑み。

「同窓会は楽しかったですか？」

「……え？　ええ」

唐突にも思える問いは、少し前に見城が鳴海に送ったメールで語った内容だ。久しぶりに中学時代の同窓会があるから楽しみだと、会えない間の他愛ない日々の出来事として書き綴った。

ただそれだけのことなのだから、妙な勘ぐりはよしてほしい。つづいて鳴海の口から紡がれた茶化す言葉に、見城はカッと眦が熱くなるのを感じた。

「初恋の彼女には会えました？」

「……っ⁉　そ、そんな相手なんて……っ」

白い頰を朱に染めて訴えれば、ますます愉快さに駆られたのか、鳴海の目に浮かぶ悪戯な色が濃くなる。

「中学生でしょう？　いくら奥手の警視殿でも、ガールフレンドくらいはいたんじゃありませんか？」

「……っ、どうせ……っ」

「いなかったんですか？」

「いけませんかっ⁉」

拗ねた声で返せば、「いいえ」と笑みが唇に触れた。

「……何がおかしいんですか」

ますます拗ねた声で咎めれば、

「喜んでるんですよ」

あなたがまっさらなのが嬉しくて、と耳朶に気障ったらしいことこの上ないセリフが落とされる。

高校大学時代だってあるのに、そんなふうに言われて、自分の経験不足を揶揄われたと思った見城は細い眉を吊り上げた。

「……⁉　廉っ」

勝手に妙な勘ぐりをして、勝手に決めつけて、勤務中だというのに不埒を働く恋人を持て余し、見城は半ばのしかかる肩を拳で叩く。その手を捕られ、指と指を絡めるように握られて、再び唇が合わされた。

久しぶりなのもあって、見城もついウットリとそれに応えてしまう。男の嫉妬が、くすぐったくも嬉しくもあった。

が、いつまでもこうしていられるわけもない。

いいかげん仕事に戻らなくては…と、見城の理性が明滅をはじめたところで、無粋な音が甘ったるい空間をやぶった。

「……っ」

同時に目を見開いて、唇を解いてしまう。胸元から振動が伝わって、鳴海の携帯電話が着信を知らせているのだと察した。

「はい。――場所は？　――ああ、――」

携帯電話に応じる鳴海の表情は、たった今まで見せていたものとはまるで違う、刑事としての厳しさに満ちている。

事件が起きたのだ。

捜査一課の捜査員である彼のところに連絡が入るということはつまり、どこかで誰かの命が散ったことを意味する。

それでも、不謹慎と知りつつも、痩身を捕り込んだまま離れないリーチの長い腕に身をあずけ、またしばらく感じる機会がなくなるかもしれない体温に包まれながら、見城はひとつ小さく息をついた。

そして、やんわりと男の腕から逃れる。鳴海は、チラリと視線をよこしたものの、今ひとたび手を伸ばしてくることはなかった。

「――わかった。すぐに行く」

携帯電話を閉じて、深呼吸をひとつ。

その鳴海から一歩距離をとった見城は、男が口を開く前に背筋を正した。それを見て、鳴海も見城に向きなおる。

「鳴海廉警部補、今回の一件については犯人検挙の功績と本人に深い反省が見られることから、厳重注意とさせていただきます。今後注意するように。――どうぞ捜査に向かってください」

深い反省云々(うんぬん)の件(くだり)は、見城なりの釘(くぎ)だ。右から左に聞き流されることがわかっていても、言わないわけにはいかない。

「ありがとうございます、見城監察官」

垂直に腰を折って、立場なりの言葉を述べる。

そのあとで、鳴海は素早く見城の頬に手を伸ばしてきた。

「行ってくる」

唇の端で甘く鳴る軽いキス。

翻る背は、見城が言葉をかけるより早くドアの向こうへと消えた。廊下を駆ける靴音が、あっという間に遠ざかる。

「気をつけて」

男の気配の消えた部屋に零れる呟(つぶや)き。

唇が濡れていることに気づいて、見城は誰に見られているわけでもないのに眦が熱くなるのを感じながら、その場所を指先でそっと拭(ぬぐ)った。


全国二十八万人の警察職員のうち、キャリアと呼ばれる国家公務員I種試験合格者はおよそ五百名ほどと、恐ろしく少ない。

警察官職にあるのはおよそ二十五万人、警察庁職員が七千五百人あまり。国家公務員と地方公務員、キャリアとノンキャリア、その隔たりは大きく、階級が存在することで、その線引きは他省庁以上に厳格だとも言われる。

見城志人(ゆきと)は、大学卒業後、キャリアとして警察庁に入庁した。自身が望んだ配属先だった。父は警察庁の大物幹部、兄も外務省勤務のキャリアという環境に育った見城にとっては、キャリア試験も警察官僚も、いずれもごくあたりまえに人生の先にある道筋だった。

警部補として任官ののち、キャリアに定められた研修期間を経て、警視として警視庁に本配属された見城に与えられた肩書は監察官。

警務部人事第一課に置かれた、その名が表すとおり、警察職員に対する監督監査等を担う役職だ。警察内部を取りしまる警察、と言い換えられるかもしれない。

国民に奉仕すべき立場にある警察職員が規律違反を犯さないように、注意して済む程度の違反ならまだしも、犯罪に手を染めないように、管理監督するのが主な役目だ。違反行為に対しては、厳しく処分を言い渡したりもする。

警察職員としての規律に反する職務規定違反から、民法刑法で裁かれるべき犯罪まで。

悲しいかな、公僕だとて聖人君子ではありえない。同胞を処罰しなくてはならない立場にある監察官には、毅然とした価値観と態度とが求められる。

一方、監察を受ける立場となる職員たちにとって、監察官は怖い存在だ。監察官の心証ひとつで、自分の将来が左右される場合もあるのだから。たった一度の失態が以降の昇進を阻むこともある。警察とは、そういう組織なのだ。

だから、監察からの呼び出しには、いかなる階級に属する職員であっても、皆神妙な顔で応じるものだ。

お小言を聞いて終わり程度の気安さで応じる者などいない。減俸か左遷かと、戦々恐々と出頭してくるのが通常なのだ。

だが、どんな組織にも例外という名のアウトローは存在する。

有能であるがために組織に馴染まない存在は、無能者以上に厄介な存在として持て余され、ゆえに風当たりも強くなる。

鳴海廉は、抜群の検挙率を誇る刑事部捜査一課のエースで、しかし一番の問題児でもある。すべてが犯人検挙に繋がっているため、これまでかろうじて処罰を免れているものの、監察の常連といっていいありさまだ。

違法捜査すれすれ——書類上は、あくまでも〝すれすれ〟であって〝違法〟ではない——の逮捕劇は、捜査の現場にある者にとっては拍手喝采の対象かもしれないが、管理監督する立場にある者にとっては、胃の痛い話だ。

配属当初、監察官としてあきらかに経験不足の見城の手に超のつく問題児の監察が委ねられたのには、そのあたりの裏事情が関係していると、見城が理解したのは、何度めかの監察を、今日と同じように飄々と躱されたあとのことだった。

ようは、匙を投げたのだ。上層部は。

違反者を律しないわけにはいかない。でも、鳴海の捜査能力は手放したくない。だから、たいした力もない新人監察官に担当させて、適当に終わらせればいい。そう考えたに違いない。

それに気づいた見城は、半ば意地になって鳴海と対峙した。インテリ然とした二枚目のくせして、行動は剛胆きわまりない。犯罪者検挙にかける熱意とはうらはらに、軟派な口調とおちゃらけた態度。鳴海は、見城のそれまでの人生で、出会ったことのないタイプの男だった。

社会的ルールも職務規定も、犯人検挙に結びつけばこそ守る意味のあるもの。捜査に支障をきたすのなら、縛られる謂(いわ)れはない。鳴海がそうはっきりと発言することはないものの、態度からそうした価値観がありありと透けて見える。

何度監察を担当しても変わることのない鳴海のスタンスだが、当初反発を覚えた態度も、いつの間にか印象が違うものになっていた。

はじめての監察で下手な尾行を見抜かれ、手痛いお灸(きゅう)を据えられた見城の毛を逆立てるかにピリピリとした態度を悠然と揶揄う余裕を、ふざけていると憤っていられたのはわずかな間だった。

鳴海の懐の広さと捜査にかける真摯(しんし)さとに触れたとき、鳴海に対する見城の心証はまるきり違うものにすり替わって、そして今がある。

事件を追う過程で自身の想(おも)いを自覚して、ひとつの事件が解決したとき、互いの心情をたしかめ合った。

──『こんなふうに朝を迎えたのは、おまえがはじめての相手だ』

捜査にかける情熱ゆえに、あえて守るべき存在を持たないように生きてきた男が零した呟きは、情事の果てに半ば意識を飛ばした状態にあった見城の鼓膜にとどまることはなかったものの、力強い腕に搦(から)め捕(と)られる幸福を、たしかに見城に教えた。

その結果、以前以上に飄々と悪びれることなく監察を躱されてしまう状況に陥っているのは、鳴海が捜査に情熱を注ぐのと同様に監察に真摯に取り組む見城にとって、はなはだ不本意な事態ではあるのだが、うらはら、くすぐったいような充実感があるのも事実。

不謹慎だと、自身を律する気持ちはたしかにあるのに、見城にとってほぼはじめてといっていい本気の恋情は抑えがたく、ときに理性を駆逐しようとする。

そのたび見城は、いけないと自身を諌(いさ)めるのだが、そうして見城を翻弄(ほんろう)しているとうの本人はといえば、平然とした顔で瞬く間に気持ちを切り替えて捜査に向かってしまうのだ。

その背を、眩(まぶ)しさと、いくらかの憎らしさとともに見送る気恥ずかしさ。

そんなものを噛みしめて、見城はデスクに向きなおる。

鳴海は事件現場に向かった。

状況によっては、所轄署に捜査本部が立てられるだろう。そうしたら、ほとんど泊まり込みで捜査に当たることになる。——会えなくなる。

その間、ただ恋人の無事を祈って過ごすわけにはいかないのが、自身も責任を負う立場にある見城の置かれた状況だ。

事件現場は、都心に立つホテルの一室だった。

一流ホテルの、最上級の部屋ではないが、スイートルーム。

その部屋で、女性の変死体が発見された。最初に現場に駆けつけた機動捜査隊から本庁の捜査一課に出動要請がきたのは、一見して自殺と受け取れる現場状況に、不審な点が見られたためだ。

「偽装、か……」

同班に所属する相棒的存在である閤田の呟きに、鳴海も頷く。

広いバスルームのタオルハンガーの下。被害者は、この場所で倒れていた。

首に巻きついたタオルと争った痕跡のない室内とが自殺を物語るものの、細かく鑑識作業を進めるまでもなく、いくつも奇妙な点が見つかった。

「この索溝のつき方は、あきらかに絞殺だ」

「吉川線もあるしな」

首吊り自殺の場合、顎の下に体重がかかるため、首に残るロープ等の痕は、中心部分が一番深く濃く刻まれ、左右対称に薄くなっていく。だが絞殺——紐状の物で絞め殺された場合は、首全体にほぼ均等に痕が残る。

さらに、意識がある状態で絞め殺された場合、被害者がもがき苦しんだときに、吉川線と呼ばれる引っ掻き傷が首筋に残るから、これが見られた場合は、ほぼ他殺と言っていい。

「ずいぶんとずさんな偽装工作ですよ。被害者の指紋まで全部拭き取ってどうするんだか」

　呆(あき)れた口調で言葉を挟んできたのは、鑑識課の捜査員だ。指紋鑑定においては、若手随一の鑑定眼を持つとベテランも太鼓判を押す眼力の持ち主でもある。

「宮野(みやの)がそう言うんなら間違いないな」

　まだ若いが、宮野の目は信用に値する。科捜研からの引きもあるようだが、本人は警察官として現場に立てる鑑識職員にこだわりを持っているようだ。科捜研や科警研の研究員は警察職員だが、鑑識捜査員は、その名のとおり警察官なのだ。

　正式な結論は検視官の見立てと司法解剖を待たなければ出せないが、現場の状況を見る限り、他殺でまず間違いないだろう。

　そこへ、被害者の身元を当たっていた捜査員が、現状調べがついた限りの情報を上げてくる。

「被害者はどうやらホステスのようです」

「ホステス？」

「所持品のなかに店の名刺がありましたので、当たりました。本名、森下早弥子(もりしたさやこ)。店ではミサキと名乗っていたそうです」

「てことは、客と何か揉(も)めたか？」

　安易ではあるが一番に思いつくのはそのあたりだろうかと、捜査員が差し出した被害者の名刺を受け取りつつ闇田が言う。

「銀座(ぎんざ)の《白蘭(はくらん)》か……たしか政財界の大物が客に名を連ねる有名店だったな」

闇田が手にする名刺に印刷された内容を読み取って、鳴海が呟く。闇田が、情報を補足した。

「警察庁幹部のなかにも、懇意にしてる連中がいるらしいぞ」

そこへ、すでに頭にインプットされている情報を突き合わせるふたりに、被害者の持ち物を確認していた宮野が、いつもと違う声音で言葉を挟んできた。

「鳴海さん」

困惑気なそれに、何か新たな発見があったのかと鳴海は顔を上げる。闇田もそれに倣(なら)った。

だが、宮野が差し出したものを目にして、ふたりは同時に目を見開く。

「これを」

それは、長方形の、見慣れたサイズのカード。

「彼女のバッグのなかの手帳に挟まってました。——まだ新しいですね」

四隅がヨレたりしていない、と宮野が言葉を継ぐ。

宮野が見つけたのは、一枚の名刺だった。

所属と階級と名前だけの簡素なもの。片隅に刷り込まれた組織のイメージキャラクターが、かろうじてやわらかい雰囲気を纏っている。

彼らの目を留めさせたのは、中央に印刷された記憶にありすぎる名前だった。

「見城志人って、見城監察官のことですよね？」

警務部人事第一課、警視、とある。

間違いなく、見城の名刺だ。

「警視殿と面識のある人間、ということでしょうか？」

三人は同時に、被害者女性に視線を落としていた。

報告にある年齢は、見城と同級生であることを示している。無関係とは言えないだろう。

「一課までご足労願うしかなさそうだな」

鳴海は、薄いグラスの奥の眼差しをいくらか鋭くして、ひとつ嘆息する。そして「指紋採取を頼む」と、名刺を宮野の手に戻した。


長く警察組織に属している人間だとしても、刑事部に所属する職員以外で、この部屋に足を踏み入れた経験のある者は多くないだろう。

狭く殺風景な部屋の小さな窓には格子が嵌まり、正面の壁には刑事ドラマでよく見るマジックミラー。

その手前、デスクを挟んで向こうに、取り調べ担当の刑事が座る。

見城は長い睫を瞬いて、正面にある整った顔を見つめた。警察組織に属する者として捜査に協力するのは当然のことだ。だが、さすがに今度ばかりは困惑を禁じ得ない。理由も知らされないままにこの部屋に押し込められたとあってはなおさらだ。

向かいに座る鳴海は、見城の見慣れたインテリきどりの軟派さなど微塵もうかがえない厳しい顔で、見城を見据えている。

刑事の顔だ。

事件を追う捜査員たち特有の、猟犬の顔。

ふたりきりのとき、自分の耳元に囁きを落とす甘い声とはまったく別人のような硬質な声が告げた内容に、見城はゆるり…と目を見開いた。

え？　と口中で疑問符を紡いで、しかしそれだけ。

アポをとってきたのが鳴海だったから、用件を確認もせず応じてしまった。だがよもや、こんな用件だとは思わなかった。

「被害者である森下早弥子の手帳から、こんなものが発見されました。これは、あなたの名刺ですね、見城警視」

被害者のものと一緒に採取されたもうひとつの指紋は、警察職員のデータベースに登録された見城のものと合致した。それ以外の指紋は出ていないと説明がつづく。

「……はい」

机の中央に置かれたのは、パウチ袋に入れられた、自分の名刺だった。現場の押収品はすべて、汚れたりそれ以上の指紋がついたりしないように、透明なビニール袋に入れて管理されるのだ。

「待って……ください……、森下さん…が？」

事実は事実として頷くよりない。だが、提示されたもの以上に、先に聞いた言葉が鼓膜の奥で不協和音となって鳴り響く。

鳴海はなんと言った？

——被害者……？

森下早弥子は知っている。中学時代の同級生だ。でも……！

「自殺に偽装された他殺と判明しました」

「……っ⁉」

見城は愕然と目を瞠った。

言葉もない。

当然だろう。警察組織に属していたとしても、身近な人間が他殺体で発見されるなどといった事態に遭遇する者は、決して多くはないのだから。

「間違いないのですか？」

鳴海たちの捜査——しかも初動で判明する程度の内容に間違いなどあるはずがないとわか

っていて、それでも確認したくなるのが人情というものだ。

見城の言葉を受けて、闇田が脇に抱えていた資料を出そうか迷うそぶりをする。鳴海に確認しているのだ。

「見ないほうがいいでしょう」

資料には、現場写真とともに被害者の検視写真も添えられている。早い話が、遺体の写真だ。

「見せてください」

見城は即答した。

鳴海は「綺麗な死体などドラマのなかだけのものです」と首を横に振る。

立ち上がって闇田に手を伸ばそうとしたら、「座ってください」と制された。その声の鋭さに、思わず身体の動きが止まる。「どうぞ」と手で促されて、浮かした腰を戻した。

「この名刺は警視が渡されたものでしょうか？」

問われて、見城は頷く。

「先月末、中学の同窓会がありました。そのときに、欲しいと言われたので名刺を渡しました」

「欲しいと？　なぜです？」

「理由は聞いていません」

問われてはじめて、軽率だったと思い知る。

けれどそのときは、まったく頓着していなかった。見城にとって森下早弥子は、警戒しなければならないような相手ではなかったからだ。

久しぶりの同窓会で、しかも中学の途中で転校してしまった早弥子が同窓会に顔を出したのははじめてのことだった。遅れてきた彼女と話をしたのは短い時間だったけれど、当時の記憶のままにやさしい笑みを浮かべておっとりと話す彼女に遠い記憶を巻き戻され、充実した時間を過ごすことができた。

見城が警察勤務であることを知ると、彼女は名刺を欲しがった。「お父様も警察にお勤めだったものね」「警察に知り合いがいたら怖いものなしだわ」と笑っていた。だから「困ったことがあったら相談して」と言葉を添えて請われるままに渡したのだ。

あれから、さほどの日数は経っていない。

なぜあのとき、尋ねなかったのだろう。何か気にかかることがあるのか、と……。

「彼女は銀座の《白蘭》でホステスをしていました。そのことは？」

鳴海は、あくまでも刑事としての口調で問い――参考人聴取をつづける。

「ホステス!?　まさか……」

知るわけがないと首を横に振る。

そんなふうには見えなかった。話し方も服装などの風貌も、もっと堅い仕事をしているようにしか見えなかった。

中学時代の彼女は優等生で、面倒見のいい明るい子だった。純真なまま大人になれるわけではないとわかっていても、当時の記憶が見城の判断を邪魔する。

「森下早弥子が転校した理由はご存知ですか？」

「……？　いいえ」

理由？　遠い記憶を探っても、そういえばハッキリと覚えていない。父親の転勤とか、ありふれた理由ではなかったのか？

「父親が事業に失敗したためです。母親とふたり、借金取りから逃げて、しばらくは平穏に暮らせたようですが、彼女が高校生のときに母親が病に倒れた。治療費のために彼女自身も借金を負って、その返済のために夜の世界に身を投じたようです」

聞かされたのは、あのやさしげな笑顔からは想像もつかない過酷な半生だった。

「そんな……、——父親は？」

「妻子と別れて借金取りから逃げたあと、富士の樹海近くで車が発見されたものの、それっきり行方不明とされています」

さらに問えば返される、まだ少女だった彼女を立てつづけに襲った不幸。

「——……っ」

見城は、今度こそそれ以上問う言葉も見失い、膝の上でぎゅっと拳を握った。正面にある、静穏を浮かべた瞳を見据えて、与えられた情報を懸命に整理する。

「捜査資料を、見せてください」

やや\して見城が申し出たのは、先に鳴海が見せるのを拒んだ捜査資料の開示だった。

「私のアリバイははっきりしているはずです。——見せてください」

勤務中のスケジュールは明確だ。家族の証言は採用されないから、犯行時刻に自宅にいたと言ったところで意味はない。そもそも自分は何もしていないのだから、先の質問への答えだけで、アリバイ証明としては充分だろう。

都合が悪いはずもない。だから、見せてほしいと請う。

先ほどからほとんど表情を変えない鳴海が、はじめて眉間に皺を寄せた。その意味を、見城は正しく理解する。

残酷な写真を見せたくないのだ。

だからさっきは、きつい声音で見城の行動を制した。

その気遣いはありがたいけれど、でも見城だって警察職員だ。制服の胸に輝く警視の階級章に恥じる行動はとりたくない。

鳴海は、気丈に見返す見城の色素の薄い瞳をしばし見据えたあと、闇田に資料を見せるよう促した。闇田は黙って脇に携えていた資料を広げる。「本当によろしいのですか?」と確認されて、見城は頷いた。

数枚の写真と、司法解剖所見、それから鑑識課が作成したと思しき紙資料の束。目を逸らしたい衝動を、見城は懸命にこらえた。その気丈な様子に鳴海が目を眇めても、気づけないほどに見入る。

捜査の現場に立っているうちに、どんなにひどい状態の死体にも慣れていくと捜査員たちは言う。だが見城は捜査員ではない。ときおり監察がらみで繙く捜査資料に添えられた写真くらいしか、目にする機会はない。

込み上げるものをこらえつつ、写真を一枚一枚確認する。

――森下さん……っ。

痛々しさが胸を満たして、瞼の奥が熱くなる。それでも、溢れるものはこらえた。今は職務中だ。自分は警察職員なのだ。

目を通し終わった資料一式を揃えて、前に差し出す。

背筋を正し、鳴海の目をまっすぐに見て、見城は毅然と言葉を紡いだ。

「私にできることでしたら協力は惜しみません。犯人の早期検挙をお願いします」

鳴海は黙って頷く。

先に立って、「ご足労いただきありがとうございました」と、取調室のドアを開けた。

2

自室のドアを開けて、しばらくひとりになれるように鍵をかける寸前で、それを阻まれた。ドアを閉め切る前にノブがまわされて、長身が滑り込んできたからだ。

「廉……」

ドアを背に囲い込むようにおおいかぶさってきた身体が恋人のものであることに気づいて、見城はホッと息をつく。今は、ふたりきりだ。

「大丈夫ですか?」

大きな手が、いまだ強張ったままの見城の頬を撫でた。

「捜査に戻ったんじゃ……」

とうに捜査に向かったのだとばかり思っていた。与えられる温もりに安堵を覚えながらも問えば、「すぐに戻る」と短い応え。わずかな隙間にも自分を気にかけてくれたのだと知って、見城は長い睫を震わせた。

「顔色が悪いな」

口調を変えた鳴海に、だから言ったろう？　と諌められる。屈強な刑事でも、配属当初は死体を見るだけで吐く者もいるくらいだ。

「平気です」

言いながらも、見城は大きな手に頰をすり寄せる。

そんな見城の様子から、ショックの度合いをはかる鳴海は、捜査に向かう前にしておきたいことがあってここに来た。

見城の持つ気丈さの裏の繊細さを一番間近に知る立場として、絶対に自分を責めるだろう見城の気持ちを、多少なりとも解しておこうと考えたのだ。それは、聴取を担当した者としての、責任でもあったかもしれない。

「やっぱり、同窓会で何かありましたね？」

「……え？」

見開けば、途端に幼くも見える大きな目をパチクリさせて、見城は間近にある恋人の顔を見上げる。真摯な色を滲ませているものとばかり思ったその瞳には、よく見慣れた揶揄が浮かんでいた。

「初恋の彼女でした？」

「……っ⁉」

カッと頰に朱が差す。

だがそれは、羞恥ばかりではなかった。

「不謹慎です！」

憤りも露わに、見城は囲い込む腕を引っぺがし、男の胸を押しやる。

「彼女は、僕と同じ歳で人生を終わらせたんですよ！　そんなことを気にしてる暇があるなら、さっさと捜査に向かってください！」

怒鳴って、ドアを指差す。

鳴海は口角をわずかに上げて、ホールドアップしてみせた。

途端に熱が冷めて、見城は鳴海の意図を察する。

「廉……」

深い悲しみも、怒りに転化できれば、活力に変えられるものだ。そう言われているのだと理解して、見城は唇を噛みしめた。「すみません」と怒鳴ったことを恥じる。

追いかけてきた腕に痩身を包み込まれて、唇の端に軽いキス。

「今日は早めに帰る。――待ってられるか？」

男のポケットから取り出されたのは、以前にも渡されたことのあるスペアキーだった。

キーホルダーも何もつけられていないから、落としそうで怖いと訴えたのに、まだ裸のままだ。

キーを受け取って頷けば、今度は額に淡く触れる唇。見城の髪をひと撫でして、長身はドアの向こうへと消える。

手のなかに残されたスペアキーを、どうしようか迷って、見城は財布の小銭入れに落とした。


幼いころの想い出はあまり多くない。

勉強ばかりしていたのと、当時の見城が決して社交的な性格をしていなかったためだ。内向的とまでは言わないが、おとなしい子どもだった。

小学校までは、同じ学校に通う兄の背を追いかけてばかりいたし、中学に入ってからは、数年先の将来像に向けてより勉学に励むようになったために、子どもらしい日常とは無縁の生活になった。

そんな見城にも、少年らしい想い出のひとつやふたつはある。森下早弥子（もりしたさやこ）の記憶は、そんな大切な想い出のなかのひとつだ。

おとなしい見城を気遣ってくれる、やさしいクラス委員長。

――『はい、これ。もらってくれる?』

差し出されたのは、ピンク色の可愛らしいラッピング。カカオの香りに彩られた淡い想い出だ。雪がちらつく時期の、温かな想い出。

明確な、何かしらの感情があったわけではない。でも、嬉しかったのを覚えている。

過去の想い出に耽り（ふけり）ながら、夜道を歩いていた見城は、背後から近づく靴音に気づいて、思考を浮上させた。

駅から鳴海宅までは住宅街のなかを進む道筋で、車道脇の歩道とはいっても、さほどの人通りはない。

闇（やみ）に響くのは、自分の靴音と、背後から迫る足音のみ。

見城の背筋を、ゾワリ…と冷たいものが駆け上った。以前に一度、事件がらみで襲われた経験のある見城にとって、闇と靴音は恐怖の記憶に結びついている。

足を速めた。

背後の靴音は、ずっとついてくる。

角を曲がったところで駆け出そうとして、迫る気配に腕を捕られた。

「——……っ！」

悲鳴すら呑（の）み込んで、肩を竦ませる。多少は身につけた心得も、警察大学校で学んだあれこれも、常日頃の鍛錬を怠（おこた）っていれば、役になど立たない。

「志人（ゆきと）！」

鼓膜に届いたのは、気遣わしげな、聞き慣れた声。

ぎゅっと瞑（つぶ）った瞼を上げると、そこにあったのは、昼間にも間近に見た端整な顔だった。

「廉……」

途端に全身を満たす安堵。

膝から力が抜けるのを感じて、見城はその場にしゃがみ込みたい衝動を懸命にこらえる。痩身を、逞（たくま）しい腕がしっかりと支えた。

「悪かった。怖がらせてしまったな」

前を歩く人の気配に気づいて、もしかして…と追ってきた。角を曲がるところで見城だと確信を持てたため声をかけようとしたら竦まれてしまって、さすがの鳴海も面食らったらしい。自分の配慮が足りなかったと詫（わ）びてくれる。

「すみません。お恥ずかしいところをお見せして」

己の小心を恥じれば、「人間はそれほど強くない」と諫められた。強がる必要はないと言われているのだと理解する。

「大丈夫だ。何があっても俺が守ってやる」

震える肩を大きな手にさすられて、見城はやっと顔を上げる。

「早かったんですね」

「ああ、初動で当たれる範囲は限られてるからな。とくに彼女の場合は身内もない――、なかで話そう」

立ち話するような内容ではない。

背を支えられた恰好で、鳴海宅の玄関に立つ。鍵を開けてくれと言われて、見城は首を傾げつつも、小銭入れにしまったスペアキーを取り出した。背後の鳴海が微苦笑を零す気配。

「……？　何か？」

「いいえ」

早く家に上がろうと急かされて、疑問を解決しないまま鍵を開ける。

玄関を上がって、リビングに入ったところで、後ろから抱き竦められた。今度こそ全身をあずけて、見城は深い息をつく。

どこに誰の目があるかしれない庁内や外では、本当の意味で安堵できない。この腕に、すべてをあずけきることができない。体温に包まれているだけでこんなに安心できるなんて、依存しているな…と見城は胸中で自嘲を零す。

いくら夜道で軽いトラウマを刺激されたとはいえ、ひとりで立っていることもままならないなんて……。

ショックなこと、悲しいこと、ままならないことがあったとき、鳴海と出会う以前の自分はいったいどうやって負の感情を昇華させていたのだろう。

それすらもはや思い出せないほどに、この腕のない生活など考えられなくなっている。

「絶対に犯人を挙げてやる」

だから、自分を責めなくていいと耳朶に落とされる声。自身を抱きしめる手にそっと掌(てのひら)を重ねて、ぎゅっと握る。

「指先が冷たいな。——あったまろうか」

耳の後ろをくすぐりながらかけられる誘いの言葉。

見城は、小さく頷いて、それから包み込む腕のなかで身体の向きを変える。

「そのまえに……」

眦を朱に染めてキスをねだる。

もたらされたのは、昼間職場でかわしたものとは比べものにならない、濃厚な口づけだった。


シャワーの湯が流れつづける。

これだけうるさく毎日のようにエコロジーという言葉を耳にする今日、罪悪感が湧(わ)かないわけではないけれど、羞恥のほうが先に立って、止めないでくれるよう懇願したのは見城だった。もうもうと立ち込める湯気と鼓膜を叩く水音が、淫(みだ)らな行為を多少なりとも隠してくれるような気がして……。

鳴海の体格に合わせてリフォームされたらしい広いバスタブのなか、恋人の腰を跨ぐ恰好で下から穿たれ、朱に染まった肌に不埒を働かれる。

情欲に染まる自分の姿を見ているのは恋人だけだというのに、それでもやはり恥ずかしさは消えない。

「や…ぁっ、……んんっ」

鎖骨をくすぐる唇に、腰骨に食い込む指先に、肌を撫でる湯にさえも、喜悦を刺激され、甘ったるい声が止まらない。

熱く蕩けた内部を抉る欲望は、激しく追い上げるのではなく、焦らす動きで見城を翻弄する。それを煽る大きな手での繊細な愛撫は、敏感になった肉体には拷問だ。

だが鳴海は、見城の感じ入る表情に目を細めて、ますます執拗に攻め立ててくる。

湯の浮力で自由にならない身体を持て余し、焦れったい抽挿に耐える。硬い腹筋に擦れる自身の欲望に手を伸ばしたい衝動を必死にこらえる。以前に、鳴海の姉が女将を務める温泉旅館に行ったとき、まんまとのせられて淫らな姿を曝してしまい、それがいまだに羞恥の記憶として残っているのだ。

それでも、鳴海の手管の前には、見城の理性など歯が立たない。恥ずかしい声がバスルームに反響して、それがより情欲を煽った。

「あ……ぁっ、ダメ…も……っ」

シャワーヘッドから流れつづける湯音にも、波立つ湯にも、もはや掻き消されない濡れた声。

仰け反らせた首筋に降る愛撫が情痕を刻み、揺さぶる律動とともに頂へと追い上げる。黒く艶やかな髪を掻き乱し、男の頭を胸に抱え込むようにすがって、見城は悲鳴にも似た刹那の声を上げた。

「ひ…ぁっ、——……っ！」

「……っ」

最奥を汚す情欲の熱さ。

同時に零れる、艶っぽい吐息。

鼓膜が捉えたそれが余韻を引き伸ばして、見城は痩身を戦慄かせる。跳ねる腰を摑む力強い指先にも喜悦を刺激されて、内部がはしたなく蠢いた。

「は…ぁ、……んっ」

宥めるように、大きな手が濡れ髪を梳く。

淡く啄ばむキスが、霞のかかった思考をさらに混濁させようとする。

遠のきかける意識を、見城はなけなしの理性で引き戻した。鳴海が何を思って執拗に攻め立てるのか、わかっている。

頬に頬をすり寄せ、それから額を合わせて、重い瞼をゆっくりと上げる。はたしてそこには、真摯な光を湛える黒い瞳があった。

「大丈夫……です……」

まだ整いきらない呼吸の合間に言葉を紡ぐ。

「泣きませんから」

見城が、たとえわずかな時間でも事件から気を逸らせるように、ぐっすりと眠れるように、鳴海は見城の理性を飛ばそうとしている。そんな男の気遣いが嬉しくて、でもその余裕が憎らしくもある。自分など、経験豊富な鳴海に比べたら、赤子のようなものだとしても。

「泣いたほうがいいときもある」

やさしい言葉を返されて、「でも……」と躊躇う。事件が解決するまでは、泣いてはいけないような気がして……。

「溜め込まないほうがいい」

髪から滴る水滴に濡れた頬を長い指に拭われ、軽く摘まれる。見城は瞼の奥が熱くなるのを感じて、逞しい首にぎゅっとしがみついた。

「十年以上も会わなかった相手なのに、やっぱり悲しいんです。どうして……っ」

どうして森下早弥子は殺されなければならなかったのか。

しかも、自殺に偽装までされて。犯人に反省の意図がないことの現れではないのか。

死者への、命への冒瀆だ。命を奪って、あまつさえ遺体に手を加えるなんて。それも、己

の罪を隠すために。そんなこと、絶対に許されない。

まるで幼子をあやすように、やさしく頭を撫でられる。子ども扱いされて甘やかされて、でも嫌な気分ではなかった。それどころか、胸の奥から響いていた責め苛む声が、少し遠のいた気がする。

久しぶりに会った遠慮が、「何かあったのか」と問う言葉を躊躇わせた。それではダメなのだ。自分は一般人ではない。警察に身を置く人間だ。その責任を、いかなるときも忘れてはならないと、今回のことで痛感させられた。

「彼女がどんな生活をしているか、何も知らなかったんだ。しかたない」

自分を責めなくていいと言われて、小さく頷く。

すると、見城の身体にやわらかく愛撫の手を降らせていた鳴海が、自嘲気味な笑いとともに、苦さを含んだ言葉を呟いた。

「妬けるな」

見城は、ぎゅっとしがみついていた腕を解いて、男の表情をうかがう。同窓会で初恋の彼女に会えたのかと、揶揄されたときとは若干ニュアンスが違っていて、見城は頬が熱くなるのを感じた。

「別に……付き合ってたというわけじゃ……」

「それでも、大切な存在なんだろう？」

訊かれて多少迷ったのは、後ろめたさからではなく、恥ずかしさからだった。あまりにも他愛ない想い出だからだ。

「母親以外ではじめて、バレンタインのチョコレートをもらった相手なんです」

少年の日の想い出を語るのは、なんだか気恥ずかしい。鳴海は「意外だな」と微笑む。

「幼稚園児のころから引く手あまたかと思ったが……」

「そんなわけないでしょう、あなたじゃないんですから」

女の子に囲まれていたのではなかったのかと揶揄われて、見城は細い眉を吊り上げる。

「女は高慢な生き物だからな。隣に並ばれて自分が霞んでしまうような相手に惚れたりはしないものだ」

幼いころはもちろん少年の日の見城もさぞ可愛らしかったことだろうと言われて、ずっと細っこい自分の容姿がコンプレックスだった見城は頬を膨らませる。

「どうせ、あなたにとっては、おままごとみたいなものでしょう?」

チョコレートひとつの想い出を大事にしている自分など、そういった経験豊富だろう鳴海にしてみれば、微笑ましいだけのものだろう。

妬けるなんて言って、そんなの嘘ばかりだと、見城はむくれる。鳴海は、まさしく微笑ましいとばかりに、いまだ繋がったままの身体を揺すった。見城は甘く喉を鳴らす。

「まさか」

そんなわけがないだろう？　と言われて、

「調子いい」

掠れた声で咎めても、目的が果たされるわけもない。

「……んっ、や…ぁっ」

腰骨を摑まれ、自分が今どんな状況にあるのか思い出せとでもいうように細腰を揺すられて、見城は甘い声を上げた。

これ以上は逆上せる…と呟けば、繫がりが一度解かれ、湯から身体を引き上げられる。

「あ……んっ、……なに？」

バスルームの壁にすがるような恰好で背後からおおいかぶさられ、腰を突き出す淫らな体勢に持ち込まれて、今度は後背位で繫がれた。

「は…ぁっ、……あぁっ！」

湯のなかで対面で抱き合っていたときとは比べものにならないほどに、今度は激しく突き上げられる。

ときおり焦らされ、大きな手に胸を嬲られて、内部が戦慄く。

背中に落とされる愛撫が、切ない熱を生んだ。

首筋に歯を立てられて、掠れた悲鳴が白い喉を震わせる。

いっそう深くに突き入れられ、最奥を抉る欲望がドクリと震えるのを感じた。

「――……っ」

ガクガクと膝が震えて、解き放たれた白濁が、淡い色の欲望から白い内腿を汚す。

「あ……ぁ……っ」

内部で弾けた熱が細胞に染み渡る錯覚が、見城の思考を霞ませた。

力を失った身体が頽れそうになるのを、力強い腕に支えられる。横抱きに抱えられた恰好で再び湯に沈んで、男の肩口に額を寄せる。

「すぐに、解決してやる」

その憂いは自分が取り去ってやると、耳朶に落とされる真摯な声。言い聞かせるようなそれが、見城の瞼をさらに重くする。

結局、鳴海の狙いどおり、自分はこの腕に抱かれて安堵して、眠りにつくのだなぁ…と、思ったのを最後に、見城の意識は途切れた。

3

帳場——捜査本部が立てられる前に待ったがかかったのは、いったいどこからの圧力なのか。

管理官経由でその報告を受けた刑事部捜査一課の捜査員たちは、皆一様に眉を顰め、長嘆を零す。いきなりやる気を失くしたように、その場に背を向ける者もいた。出鼻を挫かれれば、それもいたしかたない。

「自殺じゃないのか、だとよ」

課内の誰かが吐き捨てる。

「ふざけんな。あきらかな他殺だろうが」

別のひとりの声には、すでに諦めが滲んでいた。

被害者の無念を思えばやりきれないし、何より猟犬がごとく犯人を追う習性を持った捜査員たちは、その邪魔をされるのをいたく嫌う。だが、いずれも組織の一員だ。上の判断に従うよりない。

当然のことながら、その場に居合わせた鳴海と閤田は顔を見合わせて、鳴海は呆れたように肩を竦め、閤田はやれやれと頭を掻く。リアクションは軽いものだが、それぞれの目には刑事として事件を追うときに見せる色が宿ったままだ。

「警視殿のお父上、ってわけはないよなぁ」

閤田の呟きに、鳴海は「まずないだろうな」と返す。警察庁の幹部である見城の父親の評判など、警察組織の下層にまで漏れ聞こえてはこないから、見城自身の口から聞く程度にしか鳴海も知らないが、そういう人物ではないように思う。

「てことは、別口か?」

「さあな」

そう言いながらも、鳴海の目はホワイトボードに貼られた被害者の写真に向けられている。捜査本部が立たないとなれば、所轄署の刑事課が捜査に当たるのが通常だ。だが鳴海には、この件から手を引く気など微塵もなかった。

そこに私情がまったくないかと問われれば否だが、それだけでなく、たぶんきっと所轄の手に余る事態に陥るような気がする。鳴海のこの手のカンは当たるのだ。

傍らの閤田が「どうする?」と、インテリ顔してその実、課内一熱い男に尋ねてくる。

「警視殿のお父上でないとしたら、いったいどこからの圧力なのか、だな」

鳴海の呟きに、閤田も頷く。

「森下早弥子が勤めてた《白蘭》の常連客には、うちのお偉方も名を連ねてたっけな。つまりは——」

「まずはその線から洗うのが妥当だろうな」

見城の父親の圧力でなければ、ほかの誰かということになる。その誰かは、いったいなぜ圧力をかけてきたのか。森下早弥子個人か、もしくは《白蘭》に、何かしらの接点があるからだ。たとえ、事件とは無関係の何かの発覚を恐れての圧力だったとしても、店と客に接触する理由に使うことはできる。

「所轄から苦情がきそうだな」

「課長が聞いてくれるだろうさ。それが上司の役目だ」

悪びれず返せば、「俺らも一応管理職側の人間なんだがな」と、闇田が呆れた顔で突っ込みを返してくる。そういうふたりの階級は警部補だ。部下を持つ立場にある。

「残るか?」

じゃあ降りるか?　と問えば、

「冗談だろ」

ニヤリとしたり顔。

ふたりは目配せをして、ジェスチャーで班員たちに指示を出し、踵を返す。

その背を見送る課長はといえば、チラリと視線をよこすだけ。叩き上げの苦労人の腹の据わり具合は伊達ではなかった。

いくらかの人員は継続捜査に駆り出されるだろうが——仮に自殺だとしても、正式に断定されるまでは捜査が行われるためだ——大規模な陣容が布かれることはもはやない。となれば、迅速に捜査を運ぶ必要がある。初動捜査の在り方を間違えれば、早期解決できるはずの事件が迷宮入りしてしまうこともあるのだ。

「一度《白蘭》で呑んでみたかったんだ」

経費で落とせるわけでもないのにそんなことを言う闇田に、「借金はつくるなよ」と、とりあえず釘を刺しておく。

「警視殿に妬かれないようにな」

そっちこそ、とやり返されて、鳴海は口許に苦い笑みを浮かべつつ、歩調を速めた。


見城にその情報をもたらしたのは、部下の監察調査官だった。

「え？　捜査本部が立っていない？」

「ええ、例のホステス殺しです。まだご存知ありませんでしたか」

殺人事件だからといって、かならずしも捜査本部が立てられるわけではない。所轄署の刑事課で対処可能な事件は所轄に任されるし、事件が広域に及ぶ場合など、本庁の捜査員が直接捜査に当たることもある。

見城が捜査一課に参考人聴取を受けたことを知る部下の問いには、含むものがあった。見城が知らないと答えたのを受けて、微妙に眉根を寄せる。見城も、それに呼応するように眉を顰めた。

自殺に偽装された他殺体——捜査本部が立てられてもおかしくはない凶悪事件だ。

捜査に当たる捜査員の数は、帳場が立つのと立たないのとでは雲泥の差となる。数が多ければいいというものではないが、ローラー作戦など人海戦術をとるときには、捜査の進展に大きく影響するはずだ。

——まさか……。

父は、そんな人ではないと信じているけれど、でも父も官僚だ。組織に属する限り、かならずしも己の信念を貫けるわけではない。見城自身も、それは同じだ。

加害者はもちろん被害者や被害者遺族を含めて事件そのものと向き合う捜査員たちとは対照的に、キャリアには組織や国家と向き合うことが要求される。

だから、公にできない何かに手を貸すこともあるだろう。父は、ひとりが出世するたびに脱落者が出る官僚の世界で生き抜いてきた人なのだ。父に限ってなどと、綺麗事を言う気はない。

けれど、見城が参考人聴取を受けた程度のことで、憤慨して捜査に水を刺すようなことは、絶対にないと言いきれる。

——兄さんならやりかねないけど……。

見城を可愛がってくれる外務省勤務の兄は海外赴任中で、家族の誰かが知らせない限りは、知る由もないはずだ。

もちろん見城は知らせていないし、心配をかけたくないから母には参考人聴取のこと自体話してもいない。父がそんな連絡を入れるわけがないから、兄の線は消える。

——とすると……。

考えに耽るあまり、目の前に監察調査官が報告書を手に立っていることを失念しかけていた見城の意識を、とうの部下が呼び起こす。

「で、この案件ですが……、——監察官？」

「……え？　あ、ああ……はい」

早弥子の事件の帳場が立たない話が出たのは、監察の報告途中のことだったのを思い出して、見城はデスクに広げた書類に視線を落とした。

「暴力はまずいですね。ですが、部下が上司を訴えるというのは……」

資料に視線を通しつつ、溜息をつく。

勤務態度が悪いと注意されて逆切れしたうえ、防衛のためについ手を出してしまった上司を監察に訴える警察官とははたして……。

「どこの世界も同じようですが、草食系男子というんですか、根性の世界とは遠くなりつつあるんでしょうね」

年配の監察調査官は、我が子の話を交えながら苦笑してみせる。

叱られることに慣れない今どきの若者はキレやすいうえ、甘やかされて育っているから我慢することを知らないのだ、と。

「警察学校を無事卒業できた時点で、その根性があるものと私は思っていたのですが……」

見城たちキャリアが研修を受ける警察大学校とは違い、ノンキャリアの警察官たちが配属前に研修を受ける警察学校のカリキュラムはとてもハードだ。それを耐え抜いたはずの者がこのありさまでは先が思いやられる。ここは警察なのだ。半端な気持ちでできる仕事ではないというのに。

「厳重注意くらいで手を打ちませんか」

見城の言葉に、部下も頷く。

「それから、こちらの負債過多の案件も……どうもしっくりきません、背景をもう少し調べられませんか?」

ある職員の借り入れ状況が、たまたまあきらかになったのだ。その額が大きいため、問題に挙がった。

「と言いますと？」

「勤勉だった人間が突然ギャンブルに目覚めることはままあります。ですが、過去の勤務状況などを見る限り、私にはそうは思えないのです」

「何かやむにやまれぬ事情があるのでは、ということですね。わかりました。もう少し調べてみます」

「よろしくお願いします」

一礼を残して辞した部下がドアの向こうに消えてやっと、見城はひとつ息をつく。

情が絡む案件が一番扱いにくい。どうしても揺らいでしまうからだ。それでも必要とあれば処罰を言い渡さなくてはならないのが見城の立場——監察官の肩書にのる責任だ。

デスクの上に広げていた書類を片付けて、それから思考を切り替える。

部下が口にした、捜査本部が立たなかった問題。

——一応、確認してみたほうがいいかな……それとなく……。

真っ正面から聞こうものなら、いくら見城に甘い父といえども怒鳴られかねない。

——でもその前に……。

刑事部の状況を知りたい。

早弥子の無念は、ちゃんと晴らされるのだろうか。鳴海が請け負ってくれたのだから、間違いはないだろうと思うのだが、上の決定に背くようなことになれば……。

「また、呼び出すことになるのかな」

多少ウンザリ気味に嘆息する。それでも、口許には笑み。鳴海の信念を枉げさせようなどと、見城は微塵も考えてはいない。

――『すぐに、解決してやる』

バスルームで激しく抱かれて、意識が途絶える寸前、鼓膜に届いた声。

その真摯な声音は、この部屋に呼び出すたび、自分を揶揄って茶化してはぐらかしている男のものとはまるで違った。

あれが、鳴海の本当の顔だ。

自分はそれを知っている。

「……っ」

吐き出す息が温度を上げていることに気づいて、見城は白い手で頬をさすった。ベッドの上でのやりとりに、ついウッカリ記憶が及んでしまったからだ。

鳴海の腕に抱かれた恰好で目覚めるのには、まだ慣れない。目の前に裸の逞しい胸板があればなおさらだ。

さらに、朝から濃厚な接触をはかられてしまったら……。

――『おはよう』

――『おはよう……ございます……、え？　なに……や…ぁっ』

寝起きでぼうっとしているところへ、眼鏡を外した素顔の笑みを間近に向けられて、陶然としているうちにイタされてしまった。

あの甘ったるい声は、朝から聞くものではない。ついつい流されて、登庁時間がギリギリになってしまった。鳴海宅にはすでに見城のスーツが何着か、クリーニングから上がってきた状態で置いてあるから、問題はないのだけれど……。

でもそれだって、意識的にそうしたわけではなく、さまざまな状況が重なった上で結果的にそうなってしまっただけのことであって、見城としては公私の区別の面でも、あまりルーズにしたくないところだ。

いけないいけない…と、思考を断ち切って、仕事に向かう。

監察官の仕事は決して暇ではない。先のように処罰対象の調査はもちろんだが、昇進がらみの身辺調査なども、監察の仕事だからだ。

異性関係に問題はないか、借金を抱えてはいないか、家庭は円満かなど、さまざまな調査によって昇進候補が振り落とされていく。ときには、警察幹部が娘婿にと目をつけた職員の身辺調査を極秘に依頼してくることもある。

だが悲しいかな、処罰対象の監察が多いのもまた事実。

新たに持ち込まれた監察対象のファイルを開く前に、見城は思い立って、携帯電話を取り出し、メールを一通送信した。

捜査にかかわることを鳴海が話してくれるはずもないけれど、見城も情報がほしい。上からの圧力だというのならなおのこと、何かしら力になれるかもしれない。自分もキャリアの端くれなのだから。

刑事部と警務部とは階が違うから、やはり空気が全然違って、同じ庁舎内だというのに妙に居心地（いごこち）の悪い気持ちになる。

ドアの上に掲げられたプレートを確認して、見城はそっと室内をうかがった。見知った顔を探すためだ。

だが、対象に声をかける前に背後から名を呼ばれて、ビクリと背を竦ませた。

「何かご用ですか？　見城警視？」

「……っ！　宮野（みやの）さん……」

振り返った先には、求めていた痩身。

見城が情報を求めてやってきたのは、捜査一課ではなかった。掲げられたプレートには、鑑識の文字。

刑事部鑑識課に所属する宮野悠（はるか）は、とくに指紋鑑定において若手随一と評判の鑑識捜査員で、ベテラン鑑識員たちがこぞって目をかけ、その他の分野においてもその才覚を表しているという。

交番に立つのも警察官なら、殺人事件を追う刑事も警察官、そして鑑識課員も警察官だ。宮野の評判を聞いたとき、見城は適材適所という言葉の意味をまざまざと痛感した。

「呼び捨てか階級付けでどうぞ」

格下の者に対してさん付けで呼ぶ必要などないと、ぞんざいな口調で言われて、見城はいささか怯む。宮野も見城とさほど変わらない背恰好だが、日々ハードな現場に出ているためか、彼のもともとの性質なのか、柔和な印象はない。整った相貌が、それをより際立たせている。しかも見城の記憶が正しければ、宮野のほうが年齢はずっと上だ。

「宮野巡査、あの……」

立場はこちらのほうが上だとはいえ、そもそもそれを笠に着るタイプではない見城は妙に気圧されて、それでもなんとか言葉を紡ごうとした。

宮野の態度は見城を嫌ってのものではない。――と言いきれるのは、漏れ聞こえる評判から、彼の気質が知れるからだ。顔に似合わず職人気質なところがあって、決して愛想のいいタイプではない、と……。

「例のホステス殺害事件の件ですか？」

「え、ええ……」

躊躇う見城の言葉の先にあるものくらい、察せないはずもない。

宮野は、チラリと課内をうかがって、誰もこちらに気づいていないのをたしかめると、見城の腕を引いた。

レストスペースに、人影はなかった。

刑事部の場合、多くの課員が常に出払った状態にあるから、課内がガランとしていることもめずらしくはない。

「捜査本部が立たないと聞きました」

見城の話を聞いてくれるつもりで連れ出したのだろうから、今度は遠慮せず尋ねる。宮野は飲むか？　と自販機を指差して尋ね、見城が首を横に振ると、自分の分だけコーヒーを買う。砂糖もミルクも入っていないそれに口をつけて、ホッとひと息つき、それから見城に顔を向けた。

「すみません。外から戻ったばかりだったもので」

ひと息つきたかったのだと言われて、見城は恐縮する。

「お邪魔をしてしまって……」

「ですから、その言葉遣い、やめたほうがいいですよ。――って、鳴海さんに注意されてませんか？」

微苦笑混じりの指摘の意味を、どう受け取っていいのか。

――まさか……。

鳴海との仲を知られているのだろうか。

胸にヒヤリとしたものを感じたものの、問えるわけもない。宮野も、それ以上言及するでもなく、話題を戻した。

「帳場は立ちませんよ。どうも上から圧力がかかったようで」

「圧力？」

「どんな圧力なのかまでは、我々末端の知るところではありません」

肩を竦めて、組織のままならなさに呆れた顔をしてみせる。わかりやすいものではない、内に秘めた青い炎のような情熱の持ち主だと見城は感じた。

鳴海はもちろん闇田も宮野も、犯罪を憎む気持ちが強いのだろうと思う。自分たちのようにデスクワークに従事する職員とは違い、彼らは犯罪に直接向き合うことになるのだ。

でも今回は、見城も犯罪の現場に向き合っている。早弥子の関係者として。

「それで捜査は？」

「当然つづけますよ。あきらかに殺人事件なんですから。帳場が立たなくても、捜査はできます。それに――」

宮野はコーヒーを啜って、それから言葉を継ぐ。

「上が何を言ったところで、あのふたりは止められませんよ」

宮野の視線が見城の背後に投げられるのを見て、近づく靴音に気づいた。

「これはこれは、綺麗どころがおそろいで」

茶化した言葉をかけてくるのは閣田だ。宮野は冷ややかな視線を向けるだけで、言葉は返さない。

「監察官殿が鑑識員を捕まえて、いったいどんな悪だくみを？」

背後から歩み寄ってきた鳴海は肩口から顔を覗かせ、見城の顔を覗き込んで、揶揄に見せかけた言葉を耳朶に落としてくる。

言外に、おとなしく監察官室でデスクワークをしているように諌められたのだと察して、見城は薄いグラスの奥の、今は軟派な色を浮かべる瞳を見据えた。

先に送ったメールのレスは受け取っていない。捜査途中で連絡できる状態にないことも多いから、それは気にしていなかったのだが、早々にストップがかかって、見城は硬い口調で鳴海と向き合う。

「圧力がかかったと聞きました」

「そうらしいですね」

「どこからのものですか？」

「上層部の事情が、我々末端の捜査員のもとに届くとでも？」

宮野と同じ返答だった。

組織のありようなら、キャリアである見城にもよくわかっているはずだろう？　と返される。

「父は、何もしていないはずです」

そういう人ではないと、いくらかの希望も込めて訴えれば、鳴海の口許がわずかに緩んだ。

「でしょうね」

「では、いったいどこからのものなのでしょうか」

見城には、ひとつ考えていることがあった。自分が思いつく程度のことなど、鳴海も闇田もとうの昔にチェック済みだろう。だったら、すでに情報を持っているはずだ。

「自分に訊かれましても――」

「――《白蘭》には、警察関係者も多く足を向けていたと聞きます。森下さ……被害者の周辺人物に、思い当たる存在はないのでしょうか？」

鳴海が誤魔化す前に、見城は言葉の先を遮って話をつづける。鳴海はほんのわずか、表情を硬くした。

捜査に圧力をかけたのが見城の父ではないとしたら、その人物は何ゆえ圧力などかけたのか。その人物が、早弥子殺しに関係しているのではないのか。

そんな単純な人間関係から起きた事件なら、あっという間にスピード逮捕がなされているだろうと、心の声が指摘を投げるものの、確認したい気持ちを抑えられなかった。

「なぜそんなことを？」

　インテリ然とした風貌の奥に、刑事としての顔が垣間見える。

　見城の言いたいことなどわかりきった顔で、それでもあえて確認をとってくる鳴海の声音は、軽さが表面に押し出されているものの、その奥に誤魔化せない迫力があった。

　こうして聞き込みをされると、強面のチンピラも無関係を決め込む一般人も、口を開かざるを得なくなるに違いない。

「私は情報をご提供しました。捜査の進展具合の報告を受ける権利があると思います」

　鳴海が口を割るはずがないと、わかっているのに、言葉は口をついて出てくる。返されたのは、以前にも言われたことのある、案の定の返答だった。

「あなたにはあなたの仕事があると、以前にも申し上げませんでしたか、監察官殿？」

「それ……は……、でも……っ」

　顔見知りが殺されたら、じっとしてなどいられないのが人情というものだ。しかもその捜査が、組織の圧力に邪魔されていると聞いてしまってはなおのこと。

　捜査本部が立てられて通常どおりの捜査がされているのなら、鳴海の言葉を信じて待っていられたかもしれないけれど、鳴海たちの捜査の進展が阻まれる危険があるのが現状ではないのか。

「捜査の現場を甘く見ないでください。余計な首を突っ込むと、痛い目を見ますよ」

言外に、すでに一度痛い目を見ているだろう？　と、この場では鳴海しか知らない事実を匂わされる。以前に襲われたことを言っているのだ。あのときは、機転を利かせた鳴海が駆けつけてくれなければ、どうなっていたかわからなかった。

「そんなつもりは……っ」

背後から迫る鳴海の靴音に怯えていたくらいだ。自分が非力なのはわかっている。でも、少しくらい…という甘い考えがあったのも事実で、その後ろめたさが意地を生む。

だが、これ以上のやりとりをつづけることはかなわなかった。鈍く響きはじめたのは、鳴海の携帯電話の着信音。

「俺だ……わかった、すぐに行く。目を離すなよ」

部下からの報告らしい。捜査に進展があったのだろうか。

その隙に、闇田は宮野に、新たな鑑定の依頼をしている。こうして交流を持つことで、通常は上を介して与えられる情報が、宮野からふたりへ直接渡るのだろう。ここへは、見城ではなく宮野を探しに来たのだ。

「現れたか？」

鳴海が通話を切るなり、闇田が問う。

「ああ。――行くぞ」

ふたりは目配せをして、見城と宮野に背を向ける。だが踏み出そうとした足を止めて、鳴海は見城を振り返った。

「おとなしくしててくださいよ、警視殿」

伸びてきた手が、耳にかかる髪を軽く梳く。

ギラリ…とした刑事としての顔を覗かせる、捜査の現場に同行することのかなわない見城には、ほとんど見る機会のない表情に見惚れてしまった隙に、広い背は長い廊下を遠ざかっていた。

「れ……、鳴海刑事……！」

振り返るかわりに、軽く上げられる片手。

廊下の角を曲がって消えた背に向かって、溜息をついたところで詮無いことだ。

飲み干したコーヒーのカップをダストボックスに投げ込む音。宮野が「お先に」と脇をすり抜けていく。

その背を呼びとめることもかなわず、見城はしばしその場に立ち尽くした。

鳴海が自分を危険に巻き込むまいとして意図的に突き放しているのはわかっている。でも、鳴海にいかに依存しているかを痛感してしまったあとだからこそ、自分も何かしたいと思ってしまう。

監察官の自分が規律違反を犯して捜査に出るわけにいかないのは百も承知だ。自分に何ができるわけもないとわかっているのだから、そんな感情は自身のなかで消化して、おとなしくしていればいいものを。

それこそ鳴海に依存——この場合は甘えと表現したほうがいいだろう——している証拠だと気づいて、見城は今ひとたび溜息をついた。

仕事に戻ろうと、踏み出した足はしかし、胸元から響いた携帯電話の振動音に止められる。短いそれは、メールの受信を知らせるものだ。

鳴海からかと思ったが、違っていた。

開いたディスプレイに表示される名は見慣れたものだが、記載内容にはゆるり…と目を見開いた。自己嫌悪に歪められていた口許が、いくらか緩む。

「兄さん……帰ってくるんだ……」

海外勤務につく兄からの、一時帰国を知らせるメールだった。見城を気遣う文面が、ささくれた心に沁み込む。

今度こそ気持ちを切り替えて、見城は自室に戻った。

自分に与えられた仕事に真摯に取り組むこと。それが巡り巡って、鳴海たち捜査の現場に立つ捜査員たちのためにもなる。

今はそう信じて仕事に向き合うよりない。早弥子の無念は、絶対に鳴海が晴らしてくれる。

「少しよろしいでしょうか?」

見城の戻りを待っていた、部下の監察調査官が、書類の束を手に現れる。見城は頷いて、差し出された書類を受け取った。

4

見城が兄の敬人と顔を合わせるのは、正月以来だ。

面立ちはよく似ているものの、母似で骨組みの細い見城とは違い、長身で文武両道の兄は幼いころから見城の憧れであり、目標でもあった。

兄弟仲はよく、だから兄は、見城が森下早弥子からバレンタインチョコをもらったときのことも知っている。「可愛い子かい?」と訊かれて、真っ赤になって口ごもってしまったのも、今となってはいい想い出だ。

だから、兄の帰国は年に数度の楽しみであり、兄自身も忙しいスケジュールを縫ってかならず見城とゆっくり過ごす時間をとってくれる。結果的に、年に数度の家族団欒の場ができあがるのだ。

だがこの晩は、いつもと様子が違っていた――いや、違ってしまった。

兄が、海外生活の報告を口にするより早く、見城になされた聴取の件で、帰宅したばかりの父に食ってかかったのだ。

森下早弥子のことは兄も覚えているはずだから、報告の意味もあって事件の概要を話してしまった。その過程で、刑事部から話を聞かれたことも、話すつもりはなかったのに、途中で誤魔化しきれなくなって、バカ正直に報告してしまったのだ。兄がいかに自分に甘いかなんてわかりきったことなのに、浅慮だった。

兄は、殺人事件そのものではなく、刑事部によってなされた見城への聴取のほうにより憤りを向け、警察ってところは……！　と、見城が宥めても聞く耳を持ってくれない。

「お父さんがいながら、いったいどういうことですか⁉　志人(ゆきと)への横暴を許すなんて！」

「いきなりなんだ？　騒々しい」

父は面食らった顔をしたものの、すぐに合点した様子で、ネクタイのノットを緩めつつ、弟に甘い長男に対して長嘆してみせる。

こういうときに、母が口を挟むことはない。微苦笑を浮かべながら、いつもどおり父の世話を焼くだけだ。そして、どうにもならなくなってやっと、落ち着いたら？　とか、上げた腰を下ろしなさい、とかさりげない忠告をよこす。

「特別問題があるとも思えんが？」

父はサラリと返した。やはり、捜査に圧力をかけたのは父ではないと確信する。

「刑事部に呼び出していることそのものが問題なんですよ！」

「警察には警察のやり方がある」

「お父さんはいつもそうやって――」

大喧嘩(おおげんか)に発展しそうな気配を察して、見城はなんとか言葉を挟んだ。

「に、兄さんっ、警察職員としては当然の捜査協力ですからっ」

だが、兄はおさまらない様子で、「ひどいことをされなかったか?」などと、小さな子どもに問うような口調で言いだす始末。

「取調室に連れ込まれたんだろう? 話を聞くだけなら、向こうが出向いてくればいい。そんな、まるで犯罪者のように!」

どこのどいつだと、見城の聴取に当たった刑事の名前を聞き出そうとすらする。言えるわけもなく、見城は同じ言葉を繰り返した。

「彼らも仕事ですから。それに森下さんが殺されてるんです。捜査に役立つなら僕はそれでかまいません」

早弥子の名を聞いてやっと、兄はいくらか憤りをおさめる。そのタイミングを見計らったように、母がキッチンからトレーを手に出てきた。

ダイニングではなくリビングのソファテーブルに給仕されたのは、アルコールを楽しむための数種類の小鉢。兄と見城のためには、肉や魚を使ったメニューがプラスされている。アルコールは父の好みに合わせて日本酒だ。

「おまえにバレンタインのチョコをくれた子だったな。しかしなんで水商売なんて……」

兄の記憶に残る早弥子も、見城の印象と変わらないらしい。

「いろいろあったみたいで……」

親が背負った借金とか、病気の治療費とか。父親がつくった借金なら、母親や彼女に累が及ばないようにする手段はいくつかあるが、病気の治療費はいかんともしがたかったろう。行政は、こちらが調べて出向かない限り、向こうから手を差し伸べてはくれない。救済手段があったところで、知り得なければ利用することはできないのだ。

「いい子だったのにな」

「はい……」

いい大人になって、兄に頭を撫でられて安堵するなんて。

いささか過剰気味な兄弟愛を、母はいつも微笑ましく見守り、父はときに呆れた目を向けることもある。兄に守られてきた自覚があるがゆえに、自立しないと…と思う気持ちのある見城以上に、兄のほうが行きすぎ気味だといえる。

見城自身も、さすがにちょっと…と感じることもしばしばなのだが、先ほどの父とのやりとりがそうだったように、すべて弟を思う兄の愛情ゆえだとわかるがために、邪険にもできないのが実情だ。

久しぶりの親子の対面に、アルコールが介在するようになって結構経つ。兄は空いた父の猪口(ちょこ)に酌をしつつ、離れていた間の報告をする。ふたりが話に花を咲かせはじめると、酌は見城の役目となる。父や兄ほど呑めないから、酌をしていないと晩酌に付き合えないのだ。

いつだったか、父も兄も見城に酌をしてほしいだけなのだと、こっそり耳打ちしたのは母だが、受験勉強に明け暮れた学生時代、家族の会話が一度減ってしまったことを思えば、こうした時間を持てるのならどんな理由であってもかまわないだろう。

「捜査の現場は危険なんだろう？　早く警察庁に戻してもらえないのか？」

どうせ出世するなら、警視庁ではなく警察庁において足場を固めたほうがいいと、兄からはもう何度も言われている。そのたび見城は、曖昧に微笑み返すのだ。

本当は刑事になりたかったなんて、言ったところで叱られるか呆れられるのがおち。見城自身は警視庁勤務になんの不満もない。もちろん、いつか刑事部に…という気持ちがないわけではないが、一度監察部署に配属されてしまったら、もはやそれは望めないだろうこともわかっている。

「刑事部じゃないんだから、危険なことなんて何もないよ。毎日デスクワークばかりしてるんだから」

かかわるなと諌める鳴海の顔が脳裏を過ったものの、見なかったことにして笑みを繕う。兄は、一瞬訝る顔をしたものの、「それならいいけど」と呟いた。

「そうだ。同期の名刺を渡しておくから、今度また今回のようなことがあったら、ちゃんと相談するんだぞ」

「同期って……警備局の錐澤さんに言えってこと⁉　できるわけないでしょう⁉」

キャリア試験は超のつく狭き門だから、他省庁に配属された人間とであっても、同期同士は交流があるのだ。兄の同期が警察庁警備局で要職についているのはもちろん知っているが、だからこそ告げ口のようなことなどできるわけがない。

「じゃあ兄さんに言いなさい。俺から——」

「やめてよ、もうっ」

小さな子どもの喧嘩でさえ、当人同士の問題だろうと思うのに、いい大人になって親兄弟の権威を借りるなんてありえない。

返す見城の口調が少し強くなったのを受けて、兄は渋々言葉を引っ込める。父は何も言わず、母の用意した酒のつまみをつついている。

「ご飯になさいますか？」

タイミングをはかった母の言葉に、父は頷き、兄は「おにぎりにして」とリクエストを返した。見城は「僕も」と言葉を付け足す。

母のおかげで話が切れたのを幸いと、見城は「兄さんこそ、仕事はどうなの？」と話題を変えた。

そして、胸中でひっそりと溜息をつく。

聴取した刑事本人と特別な関係にあるなんて、万が一にも兄に知られるわけにはいかない。

兄の過保護は、実のところ母の心配以上に、見城がキャリア試験を受けることになった理由にもなっているのだ。

警察の仕事がしたいと言ったら、父と同じ官僚ならともかく、現場に立つノンキャリアなど言語道断だと猛反対された。とりあえずキャリア試験を受けさせてしまえば、そのあとはどうとでも懐柔できると思っていたのかもしれない。

だが、見城の意思は固く、結局母が受け入れたことで兄もそれ以上強く言うことができなくなって、折れることになってしまった。それもあって、警察組織の負の部分には、父や見城以上に敏感なのだ。

「森下さんの事件はおまえに非があるわけじゃない。気にするな」

「はい。わかってるつもりです」

兄の気遣いに礼を言って、心配をかけたことを詫びる。

その一方で見城は、同じことを言われても、兄と鳴海（なるみ）とではやはり印象が違うのだな…などと、胸の内で感慨深く考えていた。

鳴海と闇田（ごうだ）の粘りが捜査に進展をもたらした。

森下早弥子が勤めていたクラブ《白蘭》の客のなかで、とくに早弥子――ミサキに執心だった客の存在が二名挙がったのだ。

ともに犯行時間のアリバイは成立しているものの、あまりにもできすぎたそれが逆に不審きわまりない。

ドラマなどではアリバイの成立があたかも無実の証明のように扱われるが、よく考えてみてほしい。何月何日の何時何分ごろ、あなたは何をしていましたか？　と訊かれて、すぐに答えられる人間がどれほどいるのか。

仕事がらみなら手帳にメモがあるだろうし、会社の誰かが記憶しているかもしれない。習いごとをしていたとか、行きつけの店で呑んでいたとか、たまたま思い出しやすいスケジュールだった場合もあるだろう。

だが、早めに帰宅して食事をとって、ゆっくり風呂につかってテレビのバラエティ番組を見ていた、といったありふれた日常の場合、昨日のことですら何をしていたか定かではなくなるのが人間の記憶力というものだ。

つまり、たとえ仕事などの確実な予定が入っていたとしても、即答できないのがあたりまえであって、すらすらと答えられるほうが奇妙といえる。なのに、まるで用意されたかのように明確なアリバイを提示されたとあっては、場数を踏んだ刑事たちが不審に思わないはずがない。

ひとりは外務官僚、もうひとりは警察ＯＢの政治家。

外務官僚は、実に明確に事件当夜のアリバイを語り、それを証明してくれる存在まで名を上げて紹介した。

政治家のほうは当人を直撃したところ、不快さも露わに追い返されかねないのが通常だというのに、にこやかに応じられた上、ミサキはお気に入りだったから捜査協力は惜しまないとまで言われた。

どちらも、胡散臭いことこの上ない。

「おまえのセンサーがアラートを鳴らしてるってわけだ」

軽い口笛とともに、閤田は被害者を中心とした人間関係などをメモしたホワイトボードをゆるく握った拳で軽く叩く。

「ああ、煩いほどにな」

鳴海は、腕組みをして返した。

証拠があるわけではない。これはもう刑事のカンとしか言いようもないものだ。

ミサキは人気ホステスだったようで、懇意の客は多かった。官庁関係者を主要客とする《白蘭》にあってもとくに、大物の名が並んでいた。

そんな数いる顧客のなかからこのふたりに目をつけたのは鳴海だ。

嘘をつき慣れた口調が気になったのはもちろん、奇妙なまでに協力的なのは、何かしら後ろめたいことがあるからだ。でなければ、よほど善良な一般市民か…ということになるが、官僚や政治家に限ってそれはありえない。

「しかし厄介だな。川野はともかく、八十辺は……協力は惜しまないったってなぁ、真に受けるバカはいねぇぞ」

川野が外務官僚のほう、八十辺が政治家だ。

「その川野の父親も代議士だ」

厄介なこと尽くしのトドメとばかりに判明した事実。

「総当たり的な聞き込みには協力的でも、それ以上となると掌を返すだろうな。しかも今は国会の会期中だ」

とくに政治家にはさまざまな特権があって、警察でも容易に手が出せない事情がある。

「けどこれで、警視殿のお父上の線は完全に消えたな」

闇田の指摘は、捜査への圧力の件だ。結局あのあと、上の判断で、自殺を証明するための証拠集めという名目を掲げ、捜査本部が立つ場合とは雲泥の差の人員で捜査をつづけることになった。

だが、ローラー作戦が必要なタイプの事件ではないから、逆に小回りが利いてよかったかもしれないと鳴海は考えていた。捜査に当たる人員が限られているために、見城に対してありもしない疑いを持つ見当外れな輩もいない。

「川野と八十辺の周辺を洗おう」

「完璧すぎるアリバイを崩さないとな」

人間関係と金の流れを追えば、おのずと綻びが浮かび上がるはずだ。

完全犯罪などありえない。

人間のやることだ。かならずどこかに綻びが生じるし、少し調べてみたらお粗末この上ないことも多い。

だがこの先は、どこからかわからない圧力——たぶん八十辺が伝手のある誰かに依頼したのだろうが——のみならず、組織の体質も邪魔するだろう。官僚や政治家というのは、警察が一番触れたくない人間たちなのだ。

場合によっては、早弥子が天涯孤独なのをいいことに、闇に葬ろうとする力が働くことも考えられる。上の人間の目が気づかないうちに動かなければ。

だが、組織防衛に長けた警察上層部の動きは予想以上に早かった。にこやかな顔で聞き込みに応じながら、川野か八十辺かあるいは両方かの口から話が伝わったのは明確だ。

その結果、ただでさえ少ない捜査員はさらに減らされ、鳴海と闇田の行動にはこれまで以上の制限が加えられた。話のわかる上司ですら、これ以上はどうにもならなかったようだ。

「このふたりなら、指紋を入手することくらい容易そうだけどね」

暗に証拠の不正入手を勧めるのは宮野。

手にしたグラスから、投げ捨てられた煙草から、書類からでも、今は指紋が採取できる。

それと、事件現場に残された指紋とを照合すれば、犯人の特定に至ることができる。だが、そう簡単な話ではない。

「公判で証拠として取り扱われなければ意味はない。自白を引き出したところで、ひっくり返される」

不正に入手した物証は、裁判において証拠として扱われないのだ。

だが、事実を明確にした上で、新たに正式な証拠を探すことはできる。とはいえ、それが一番難しいわけだが……。

「ほかの可能性を潰しつつ、このふたりを徹底的にマークする」

鳴海の言葉に閤田も頷く。そして、おどけた調子で言った。

「また警視殿に呼び出し食らうな」

「それで済むならお安いご用だ」

もとより処罰覚悟の上の行動だ。

鳴海が真に案じるのは、それによって見城が気に病むことのほう。

これまでは、自身がどんな処罰を食らったところでかまうものかと行動してきたが、今は見城の存在がある。

これだから特定の相手はつくりたくなかったのだと、自嘲する心の奥に、これまで持ち得なかった充足感があるのもまた事実だ。

それでも、常に余裕を失わない男をもってしても、組織の壁は厚い。そして、刑事でありつづけるためには、それと折り合いをつける匙加減も重要だ。

どんな処罰を食らってもかまわないと考えているのは事実だが、その一方で、まったく考えなしに行動しているわけではない。警察手帳を奪われたら、犯罪とは闘えないのだから。

鳴海は無意識に眼鏡のブリッジを押し上げる。

薄いグラスの奥にあるのは、犯罪と闘う刑事の顔だ。だがそのさらに奥には、組織の理不尽さと闘う、狡猾（こうかつ）な男の顔がある。

終業後、庁舎を出ようとしたところでメールを受け取った見城は、時計を気にしつつ指定された場所へと急いだ。

駅前のロータリー。

鳴海は、いくつかあるベンチのひとつに腰を下ろして、人間観察をしている様子だった。

声をかけるのを躊躇って、少し手前で足を止めてしまったのは、まとう空気が刑事のそれだったからだ。

鳴海のほうが気づいて歩み寄ってこなければ、見城はもっと長い時間、その場で佇んでいたかもしれない。

連れて行かれたのは、和総菜をメインにしたお食事処で、日本酒のほかに梅酒の品揃えが豊富な店だった。駅前の繁華街の路地を入った場所にあるこぢんまりとした店は、知る人ぞ知る風情で、雑然と感じるほど庶民的でもなく、かといって敷居の高さを感じるほど上品すぎもしない、適度な心地好さを醸していた。

テーブル配置と店のつくりの関係で、隣席の客の顔が見えないために、個室で寛いでいる気分になれる。だが完全な閉鎖空間ではないから、店のスタッフの目も行き届いて、痒いところに手の届く上質なサービスが提供されていた。

店内には、環境音楽と適度なざわめき。

鳴海は言葉少なだった。

見城の前にはにごり梅酒のロックが、鳴海の前にはよく冷えた純米大吟醸。

男が手にするのは繊細なガラスの猪口だ。飾り気のないガラスの酒器は、絶妙なカーブを描いて、透明な液体の上質さを知らしめる。

うすはりの猪口は口当たりがよくて、酒がより美味く感じると、そういえば父が口にしていたのを思い出した。対照的に、梅酒のロックは素焼きの陶器に注がれて、その飴色とあいまって素朴な印象だ。

突き出しの小鉢と、旬野菜の炊き寄せ、刺身の盛り合わせは鮮度抜群だが、それ以上に端に添えられた〆サバが絶品だった。

単に食事をしようというだけで呼び出したわけではないだろうと思うのに、鳴海はほとんど口を開かない。

いつもの軽い口調が耳についているせいか、多少の違和感を覚えるものの、それはふたりきりではないからかもしれないと思いなおした。

鳴海宅でふたりで過ごすときは、鳴海はさほど饒舌でもない。静かな空間を演出して、見城の緊張を解してくれる。けれど、第三者の目のあるところで、特別な関係を匂わせるような空気をまとうことはできない。

だからいつも外では、インテリ然とした二枚目の顔で、見城を揶揄ったり、意識的に気障なセリフを口にしたりして男は空気を周囲に馴染ませているのだ。

今はそれがないから、違和感を感じるのかもしれない。見城はそう理解したのだ。――が、それは違っていた。

見城の知るところではないが、この日すでに、鳴海と閣田が川野と八十辺に目をつけてから数日が過ぎていた。迅速さが要求される殺人事件捜査において、数日は長い時間だ。捜査本部が開かれれば、捜査の進行は二十日単位で区切られる。二十日を一期と数えて、その間に早期解決をはかるのが望ましいとされるのだ。

このとき、鳴海の前に立ちはだかっていたのは、組織と法律という名の障壁だった。

一刑事にできることには限度がある。

だがそれでも、諦めることはできないし、信念を枉(ま)げることなどありえない。

ままならない状況に腐っていてもしかたない。息抜きをするのも重要だと、閣田は宮野を連れて消えた。鳴海も、咄嗟(とっさ)に浮かんだのは見城の顔だった。

疲れたときに、愛(いと)しい者の顔を見たい、その熱に触れたいと感じるのはごくあたりまえの衝動だ。

だが、いつも余裕の顔を崩さない鳴海の心情を、見城はうかがい知れない。だから少し、いつもと違う空気に戸惑って、テーブルの向かい、正面にある男の顔が見られなくなってしまった。どういうわけか、気恥ずかしかったのだ。

それに気づいたのか、腰を上げた鳴海がテーブルを回り込んできて、見城の隣に腰を下ろす。

「廉(れん)?」

カウンター席ならともかく、男ふたり連れでテーブル席に隣り合わせに座ることなどまずない。店のスタッフの目を気にして、見城は端整な横顔をうかがう。自分のほうが奥にいるから逃げることもかなわない。もとより逃げたいわけではないのだが、誰かに見られたら…と思うとどうしても落ち着けないのだ。

「あの……どうかしましたか？　捜査で何か……」

鳴海の様子がいつもと違うのを、自分の感じ方の問題ではなく、仕事で何かあったがためのものかもしれないと、ようやく思い至る。

「父ではありませんでした。でも、まだ？」

捜査に圧力をかけたのが見城の父でないことはハッキリしたものの、やはりまだ自由に捜査できないでいるのかと気遣う。

鳴海は、口許に微苦笑を刻んで、猪口のなかの冷酒を呑み干した。

「警視殿に気遣われるようでは、俺もまだまだ甘いな」

茶化されて、心配しているがゆえに見城はついムカリと眉間に皺を寄せる。手にしたガラスの徳利は、酌をする前にテーブルに戻した。

そんな、拗ねているとしか思えない反応は、男の目に微笑ましいものにしか映らない。その自覚がないわけではないのに、そんな反応しかできなくて、見城はむっつりと口をへの字に歪めたまま、炊き寄せのなかの蓮を口に運んだ。

膨れた頬を、長い指の背が撫でる。

猫の毛並みを撫でるがごとき仕種は、思わず目を細めてしまいたくなる心地好さで、見城は長い睫を震わせた。

「朗報を待たせてすまない」

早弥子の墓前に一日も早く報告に行きたいのだろう？　と逆に気遣われてしまって、見城は、そうじゃないのに…と胸中で呟く。

自分ごときがなんの役にも立たないのはわかっているけれど、愚痴の聞き役くらいならできる。

自分も男だから、弱みを見せたくない心理は理解できるし、見城が頼りになってもならなくても、鳴海はそんなことを口にしないのかもしれない。

それでも、自分を棚上げして、少し吐き出せば楽になるかもしれないのに…と、どうしても考えてしまう。

見城の瞳に宿る心配気な色とか、自分の反応を気にしてむくれる頬とか、そんなものを間近に見て、体温を近くに感じているだけで、男にとっては充分な癒やしになっているのだが、見城にはそれがわからないから、もっと頼られたいと望んでしまうのだ。

どう言っても誤魔化される気がして、かわりに見城は、一度はテーブルに置いた徳利を手に取る。そして、空いた猪口に冷酒を注いだ。

「美味い酒だ」

見城が酌をした冷酒を一気に呑み干して、鳴海は今ひとたび猪口を差し出してくる。それにまた酌をすると、今度はちびりと口をつけた。

腰に絡む腕、頬から顚を、長い指が滑る。ヒヤリとして感じるのは、たった今まで薄いガラスの猪口を持っていたからだ。程よく冷えた冷酒が指先を冷やしたため。

「ダメです」

一瞬陶然としてしまって、すぐに我に返り、やんわりと男の手を払う。

「なぜ？」

「なぜ、って……誰かに見られたら……」

真っ正面から聞き返されてしまって口ごもれば、微苦笑とともに離れる温度。

「あなたの出世にかかわるな」

そんな言葉が傍らから届いて、またも茶化された見城は、一度は離れた手を自分から追いかけた。大きな手を握って、テーブルの下で指を絡める。

「そういう意味じゃありません」

熱くなる頬を隠すように俯いて呟けば、傍らで漏れる笑み。

「かなわないな」

握り返す力を強められ、長い指が掌をくすぐる。

はじめにオーダーした皿がほぼ空いたところで、「出ようか」とかかる誘い。見城は黙って頷いた。

本当は鳴海の家に泊まってしまいたいところだったが、早朝から張り込みの交代に出なければならないと言われてタクシーを呼んだ。

身支度を整えて一緒に出てきた鳴海に驚いて止めれば、見城を送ったあと、そのまま仕事に向かうと言う。ほぼ一睡もしていない身体を気遣っても、自分のほうが心配で気にかかるからと言われてしまえば断り切れず、結局自宅近くまで送ってもらうことになってしまった。

タクシーを見送るつもりでいたのに、鳴海は見城と一緒に降りて、見城宅までの道を辿りはじめる。その道筋が、以前見城が襲われた場所をさりげなく避けていることに気づいて、胸の奥が熱くなった。

タクシーのテールライトが通りの角を曲がったのを確認して、鳴海が手を伸ばしてくる。手を握って歩くのがこんなに恥ずかしいなんて知らなかった。ついさっきまで、もっと恥ずかしいことをしていたのに、羞恥の種類が全然違う気がする。

自宅と目と鼻の先の公園で足を止めて、名残惜しさに駆られていたら、繋いだ手が解かれ、後ろからリーチの長い腕に包まれた。

「そんな顔をされると、帰せなくなる」

耳朶に落とされる甘い声。数時間前、ベッドのなかで聞いたそれに似た声音が、見城の背筋を震わせる。この男は、それをわかっていてやっているに違いない。自分ひとりが焦燥に駆られて、でも男にはそんな見城を揶揄う余裕があって、それが悔しい。

「もう行ってください」

あのまま、鳴海の家で朝までひとりでいてもよかったのに…と言葉が出かけて、羞恥に駆られ、呑み込んだ。

駅前まで戻ってタクシーを拾わなければ、このあたりは静かな住宅街だから、この時間に走っているタクシーを捕まえるのは容易ではない。いつまでもこうしていることはできないのだ。

綺麗な手が頤を捕らえて、顔を上げさせられる。肩を引き寄せられ、背後からおおいかぶさるように唇を合わされた。

情熱を注ぎ込む口づけが膝から力を奪い、見城は広い胸にすがる。

「……んっ」

甘く喉を鳴らして、離れる熱を惜しめば、今度は正面から抱きしめられて、再び唇を合わされた。長身にすがって腕を首に回し、すべてを男の腕に委ねる。

抱き竦める腕に込もる力が強くなる。

思わず男の髪を搔き乱してしまいそうになって、なけなしの理性で思いとどまった。

深い口づけのあと、軽く触れ合わせて余韻を楽しむ。離れがたさを感じていた、まさにそのときだった。

公園の、街灯の明かりも届かぬ闇に、人の気配。先にそれに気づいた鳴海が、見城を腕で庇う。

だが、街灯の明かりのなかに姿を現したのは、暴漢――過去の経験から、ふたりの脳裏に咄嗟に浮かんだ――ではなかった。

見城は、驚愕に目を見開いて、鳴海の腕に抱かれた恰好で固まる。

それに気づいた鳴海の眼差しが細められて、街灯に照らし出された人物と、それからその背後の闇のなかへと探る視線を投げた。――が、思考が真っ白になった見城は、自分のことで手いっぱいで、鳴海の反応などまるで目に入っていない。

「志人……？」

街灯に照らされた人物も、その整った面に驚愕を浮かべていた。

「兄さん……」

見城の兄、敬人がそこにいた。表情を見れば、口づけをかわしているのを目撃されてしまったのは明白だ。

こんな時間に兄がなぜこんな場所で？　仕事で遅くなって、見城同様、途中でタクシーを降りて帰宅する途中だったのだろうか。

いろんなことがぐるぐると頭のなかを回って、思考がまとまらない。足に力が入らなくて、兄に見られているとわかっているのに、鳴海の腕に身体をあずけているよりほかない状態だ。

「おまえ……まさか……」

兄は紡ぐ言葉も見つけられない様子で、ふたりから少し距離をとって佇む。

大好きな兄に軽蔑(けいべつ)されてしまったかもしれないと思ったら足が竦んだ。でも、震える身体を支えてくれる腕を振り払おうとは思わない。むしろ強くすがって、見城は無言のなかにも意思表示をした。

「そういう、こと…なの…か？」

兄の声も震えている。

返す言葉もなく、見城は兄と見つめ合った。

だが、肩を抱く男の手に力が込もるのを感じて、現実に引き戻される。自分を守ろうとしてくれる広い胸を軽く押して、「仕事に行ってください」と静かに言った。鳴海の眉間に浅く皺が刻まれる。

「平気ですから」

これは兄弟の問題だからと、さらに言えば、やっと肩を抱く手が離れた。——が、鳴海が見城の傍(そば)を離れるより早く、大股(おおまた)に歩み寄ってきた兄が、見城の二の腕を摑む。

「痛……っ」

小さく上がった悲鳴が、鳴海の足を止めさせた。

「待ってください」

制止する声は落ち着いていた。それがきっと、兄の感情を逆撫でしたに違いない。

「貴様と話すことなど何もない！　失せろ！」

「兄さん⁉」

止めに入ってきた鳴海に対して暴言を吐かれ、見城が咎めるように呼ぶ。

「自分は――」

それを制止するために差し挟まれようとした鳴海の声は、鈍い振動音によって遮られ、同時に場を満たしていた熱がふっと冷めた。

鳴海の携帯電話が着信を知らせている。たぶん仕事の呼び出しだ。通話ボタンを押して、二、三言葉をかわしただけで、すぐに切ったのがその証拠だ。

見城は、心配せず捜査に向かってくれるように、目配せする。鳴海は、携帯電話を手にしたままの腕で、見城を引き寄せた。

「また連絡する」

「はい」

憤りも露わな兄の前だというのにまったく悪びれることなく、鳴海は唇の端に軽いキスひとつを残し、兄に一礼をして、背を向ける。携帯電話を耳に駆け去る背を見送って、ひとつ息をつき、見城は兄を振り返った。

完全に表情の消えた兄の顔を見据えて、そして腹を決める。

「彼を、愛してるんです」

ぎゅっと拳を握って告白する。

そのとき兄の目に過(よぎ)った光は、憤りとも絶望とも悲嘆とも違う、見城には読み切れない色をしていた。

5

その打診は、あまりにも唐突にもたらされた。

「警察庁に、ですか？」

「監察の仕事にもやっと慣れてきたところだろうし、無理にとは言わないが、ぜひとも君を傍に置きたいという人がいてね」

上司の顔はにこやかだ。ゆえに、裏事情を知るわけではないらしいと察することが可能だった。

タイミングがタイミングなだけに、いったいどういうルートで湧いた話なのか、わかりやすすぎて溜息が出る。――が、そんな胸中は噯（おくび）にも出さず、ひとまず返事は保留にしてその場は下がった。

兄が警察庁勤務の同期か、もしくはその伝手を使って、人事に働きかけたのだ。打診で済んでいるのは、兄自身もその伝手本人も、組織内においては、まだまだ若手に位置するためだろう。

鳴海を見送ったあと、兄に爆弾宣言をした見城は、呆然とする兄を放って先に自宅に戻ってしまった。あれ以上の説明も言い訳も持ち合わせていなかったからだ。

自室に入ったところで追いついた兄に捕まって、「何を考えているんだ」と、「お父さんにバレたらどうするつもりなんだ」と、予想したままの言葉で諫められて、でも見城は頑として聞き入れようとしなかった。

——『万が一、誰かに知られたら、棒に振るのはおまえの将来だけじゃない。お父さんの進退にかかわるかもしれないんだぞ！』

兄が自分の立場に言及することはなかったものの、もちろん兄の出世にも影を落とすことになるだろう。

兄は順調に、官僚としての道を進んでいる。兄嫁とは上司の勧めた見合い結婚だったし、その結果として父とは別に後ろ楯を得ることがかなった。幼い息子もいる。そんな兄にとって、見城の選択はありえないもののはずだ。

考えないわけではなかった指摘を受けて、見城は返す言葉を失った。それでも、頑なに首を横に振りつづけた。

最後には根負けした兄が、階下ですでに就寝済みの両親を気遣い「明日にでも、外でもう一度話そう」と話を切り上げて、その場はなんとかおさまった。——と思ったのに、その翌日にこの状況だなんて。

一方的に否定するのではなく「話そう」と言ってくれたから、認めてもらえなくても、兄が納得するまでとことん話し合う心づもりが、見城にはあった。

だというのに、「もう一度話そう」と言った当人が、いきなり強硬手段に出てきたとあっては、いくら相手が大好きな兄とはいっても、見城の気もおさまらない。

「兄さん、どういうことですか⁉」

その夜、帰宅するなり兄の部屋に駆け込んで、見城は何ごとかと驚き顔を向ける兄に食ってかかった。普段はおとなしい弟の激昂の理由が明白なためだろう、兄はすぐに驚きを消して、「その話か」と返してくる。異動の話が持ち上がった原因が自分であると、認めたも同然の反応だ。

「人事に……錐澤さんに、いったい何を言ったんですか⁉」

話すつもりがないのか、兄の視線はデスクに置かれたノートパソコンのディスプレイから離れない。

「兄さん！」

強い口調で呼んでやっと、兄はひとつの嘆息とともに顔を上げた。

「昨日の今日で、わかりやすすぎます！　隠す気がないのなら、どういうつもりなのかはっきりと言ってください！」

「決まっている。おまえをあの男から引き離すためだ」

淡々と返されたのは、案の定といえば案の定の返答。だが、兄らしくないやり方だと感じた。もっと正面からぶつかってくれる人だと思っていたのに。

当然だろうとも考える。仕事に関することや人間関係の摩擦といった、誰もが持ちうる問題ではないのだ。組織から弾かれる危険性もあるのだから、正攻法などとってはいられないと判断したのもわかる。

それでも、やはり、やり方が汚いと、感じてしまった。

「受け入れてもらえるなんて、甘い考えは持っていません。でも、彼と別れるつもりはありません」

昂りはじめた感情を宥め宥め、毅然と兄の顔を見据えて己の考えを訴える。だが兄は、まともに受け取ろうとしなかった。それが、見城の憤りに火をつける。

「一時的に逆上せ上がっているだけだ。すぐに冷めて――」

「そんなことない！」

自分でさえビックリするような声で怒鳴ってしまって、階下を気にしてハッとする。兄は長嘆をして、やっと椅子から腰を上げた。

「冷静になって、よく考えなさい。取り返しのつかないことになってからでは遅いんだ」

見城の肩に手を置いて、言い含めるように軽く揺する。

「僕は本気です」

その手をやんわりと払って、見城は一歩あとずさった。

「志人」

兄の顔が険しくなる。

「絶対に別れません！　僕は廉を愛して――」

皆まで言いきる前に、耳元でバシッと高い音がして、頬に衝撃が走った。

「……っ」

兄に叩かれたのははじめてで、呆然と目を見開いたまま衝撃に耐えるよりない。暴力に対して、ではない、叩かれた、その事実に対しての衝撃だ。

「汗を流して早く休みなさい」

聞きわけのない子どもを躾けるような口調で、兄は一方的に話を切ってしまう。見城は、瞼の奥が熱くなるのを感じた。

大好きな人に認めてもらえないのがこんなに悲しくて悔しいなんて、知らなかった。いつかぶち当たることもあるかもしれないと、考えなくはなかった壁だ。だがこんなに早く直面することになるなんて、考えていなかった。覚悟が足りなかったのだと、己を諫める。

見城は、きゅっと唇を噛んで踵を返した。

自室に戻って、近々必要なものだけ、荷物をまとめる。そしてすぐに部屋を出た。

「志人？」

背を向けた弟の様子を訝って、兄が追ってくる。

階段を駆け下りた見城は、リビングで寛いでいた父の前に立って、荒い呼吸を整えた。背後の兄が息を呑む気配。

「お父さん、お話があります」

父は、騒々しさに呆れた顔をしたものの、見城の様子が尋常でないのを見取ったのか、眉間に皺を寄せて何ごとかと問う。

「志人⁉　何を……っ」

ぎょっと目を見開いた兄が、必死の形相で止めに入ってこようとするのを視界の端に映しながら、見城は訝る顔を向ける父に、昂る気持ちのままぶちまけた。

「僕には今、本気でお付き合いしている方がいます。でも結婚はできません。僕も彼も男だからです。僕には男性の恋人がいます。もとより、許していただけるなんて思ってません。

――失礼します」

父にひと言も発する隙を与えず、一気に捲(まく)し立てて踵を返す。

キッチンから出てきた母が目を丸くしているのを見て胸が痛んだけれど、今は何を言うこともできなかった。

「志人⁉　どこへ行く気だ⁉」

「家を出ます。もう戻りませんから！」

「バカなことを……っ」

玄関先で兄に捕まって、もはや感情的としか言えない問答を繰り返す。冷静さを失くしているのは見城だけではなく、兄も同じだった。

「バカでもいい。でも、本気で愛してるんだ！　兄さんにはわからないよ……！」

それが決定打となった。

愕然と目を見開いた兄の手から力が抜けて、見城の腕が自由になる。

兄の背後、様子をうかがいに来た母にだけ「ごめんなさい」と告げて、家を飛び出した。

行く先なんてひとつしかない。

万が一バレることがあったとしても、こんなやり方をするつもりなどなかったのに。もっとちゃんと話をして、わかってもらおうと思っていたのに。

頭がぐちゃぐちゃで思考がまとまらない。

あふれる涙を懸命に拭って、駆けて駆けて、タクシーの走る通りまで辿り着いたときには、瞼は腫れ、頬は擦れて、ひどい顔になっていた。

捜査は、わずかずつだが進展を見せていた。相手が相手なだけに、これ以上の圧力がかからないように水面下で捜査を進める必要があって、派手なパフォーマンスをとれないでいるものの、周りからじわじわと固めて数日のうちにチェックメイトに持ち込みたいところだ。

見城が気がかりだが、かといって仕事を疎かにするわけにもいかず、あのあと連絡がとれていない。

今日も帰宅はずいぶんと遅い時間になってしまって、鳴海は捜査車両として提供していた自家用車のハンドルを切りながら、メールも打てなかったな…と呟いた。

鳴海の階級になれば警察車両が使えるのだが、それだけでは足りないときに、捜査員の自家用車を借り上げというかたちで使用する。寮暮らしの若い捜査員は車を持っていない者が多いために、鳴海のを提供していたのだ。

車を自宅の車庫におさめるときには、玄関先に佇む人影に気づいていた。何者であるかはシルエットだけでわかった。

メールも着信もなかった。だから、その行動を訝った。

けれど、想像は可能だった。

早く抱きしめて安心させてやらなくては…と心が逸る。

「志人?」

アプローチを大股に駆け上がって、痩身の前に立つ。

「廉……」

上げられた顔はひどいありさまで、美人が台無しになっていた。見城が腕を伸ばす前に抱き寄せて、背をさする。

「泣いてた顔だな。お兄さんと喧嘩したか？」

言いながら玄関の鍵を開けて、痩身を室内へと促した。

リビングになんとか引きずり上げて、明かりのなかに泣き腫らした顔をうかがう。しっとりと濡れた睫が瞬いて、見城の口から、さすがの鳴海にも予測不可能だったとんでもない言葉が告げられた。

「……家を、出てきてしまいました。……父に、バラしてしまって……」

バレてしまって、ではなく、バラしてしまって、と見城は言う。この言葉のニュアンスは大きな差だ。

「自分で話したのか？」

さすがにありえないだろうと思っていた展開に、場数を踏んだ鳴海も目を丸くするよりない。

「兄と喧嘩になって、カッとしてつい……」

見城は、急に自分のしでかしたことのとんでもなさに気づいたとでもいう様子で肩を落とし、口ごもる。鳴海は、深刻な場面だというのに、つい笑ってしまった。

「らしくないことを」

言われた父親のほうが驚いただろうにと問えば、「父がどんな顔してたか覚えてません」と言う。さらにククッと喉を鳴らすと、滑らかな眉間に皺が寄った。

「ご迷惑なら出て行きます」

くるりと踵を返してしまう。その背を引きとめて、今一度抱きしめた。

「誰もそうは言ってないだろう?」

やわらかな髪を梳けば、見城の身体から強張りが抜ける。それでも顔を逸らしたままなので、むくれた耳朶に「結構感動してる」と告白した。

「結構?」

わかりやすく反応した顔には、拗ねた色。眉間の皺は消えていない。

「かなり」

頬を撫でながら返せば、

「……もういいです」

さらに拗ねられる。

「嘘じゃないさ」

実はかなり本気で感動しているのだが、それ以上言葉を重ねることはしなかった。

いつかまた、今以上に大きな、新たな壁にぶち当たることもあるだろう。そのときの選択肢は残しておかなくてはならない。逃げではなく、大人の狡(ずる)さだ。見城には選び取れないだろう選択肢も、自分には選ぶことが可能な状況があるかもしれない。

キャリアとノンキャリア、行政官と捜査官の違いは、あらゆる場面に影を落とす。その現実を、見城はまだ知り尽くしているとは言いがたい。

髪を撫でている間に、見城の瞼が重くなっていることに気づく。寝室に移動したころには、その顔からむくれた色は消えていた。とりあえず、スーツのジャケットを脱がし、ネクタイを抜いて、自分も同様に眼鏡を外して寛ぐ体勢をつくる。

「目を冷やさないとな」

瞼が腫れてしまう、と離れようとすると引きとめられて、傍にいてほしいと言葉はないものの甘えられた。男心的にやぶさかではなく、鳴海は腕に小さな頭を抱えた恰好でベッドに横になる。

小さな子どもを寝かしつける微笑ましさで、髪を撫でつづけた。

「仕事は大丈夫そうですか、監察官殿」

「私が異動になったら、あなたの監察担当官が変わってしまいます。心配で異動なんてできません」

茶化した言葉に、睡魔に侵された掠れた声でやり返してくる。

「言うようになったたな」

小さく笑うと、胸元に額が寄せられた。

「私が警察庁に戻っても、変わらないでしょう?」

キャリアに異動はつきものだ。このまま本庁の監察部署で出世することになるのか、それとも大規模都道府県警の監察部署の幹部として異動になることがあるのか、それはわからない。それぞれに出世のルートがあるから可能性としては少ないものの、署長にという話が持ち上がれば、日本全国、どこへ行くことになるやもしれないのだ。

それでも、たとえ毎日会うことがかなわなくても、変わらない関係を保ちつづけていけるだろうかと問う。不安に感じて尋ねているわけではない。確認をとっている口調だった。

「当然だ」

今だって、毎日顔を見られるわけではない。声を聞けるわけでもない。携帯電話がどれほど普及したところで、それを使える状況になければ意味がないのだ。

それでも気持ちは変わらない。互いにその確信がある。

蜜月(みつげつ)だから言えることだと、以前の鳴海なら辛辣(しんらつ)な指摘を投げていたかもしれない状況。だが今は、それに溺(おぼ)れる自分も愉快だと、感じる心の余裕がある。

「寝てないんですよね?」

自分こそ眠そうな声で、見城が鳴海を気遣う。その声を聞くだけで睡魔に誘われそうだ。

「二、三日は平気だ」

不眠不休での捜査なんて、いつものことだと返す。

「身体、気をつけてください。あなたに何かあったら……」

どうしていいかわからない…と呟く声が、鳴海の胸に苦いものを生んだ。不快な苦さではない。身の引きしまる苦さだ。

「おまえのその言葉は、弾丸より怖い」

凶器の前に身を投げ出すのを、恐れてしまいそうな自分が一番怖い。その根底にあるのは、見城を泣かせたくないと思う愛情だ。刑事としての鳴海と、私人としての鳴海がせめぎ合う瞬間が、たしかにある。——表には出さないけれど。

「廉……」

「眠れ。俺がついてる」

緊張の糸が切れたのか、広い胸に包まれて安堵した見城は、スッと眠りの世界に引き込まれる。

穏やかな寝息が、鳴海の心をも和ませる。

幼子のようにあどけない寝顔に笑みを誘われて、「今度こそ合鍵をもらってもらわないとな」と鳴海は自嘲気味に呟いた。

真面目で、鈍くて、でも純真。

兄が放っておけないのもわかるが、恋愛は当人同士の問題だ。結婚となれば話は別だが、見城から聞きかじる、兄の顕著すぎる反応が気にかかる。

「少し、調べてみるか」

すべては見城のためだ。こんなふうに泣かれるのは、かんべんしてほしい。

自分が泣かすのはよくても、たとえ親兄弟であっても自分以外の人間が愛しい者に涙を流させているなんて、受け入れられるものではない。

インテリ然とした二枚目の顔の奥には、事件を追う猟犬の鋭さ。薄いグラスひとつで顔を使い分ける男は、眼鏡を外した軟派な二枚目の顔の奥にも、別の表情を持っている。

濃い独占欲は、事件を追う執念にも近い、激しい執着だ。

同じ相手と二度は寝ないと嘯(うそぶ)いていた男の、これが本質。だからこそ、誰にも本気にならないように意識してきた。

その自分を搦め捕った責任は取ってもらわなくては。

そんな勝手な思考に駆られる自分をも愉(たの)しんで、鳴海は白い額に唇を落とす。この愛しい者を、どんな力からも守らなければならない。

見城が目覚めたとき、鳴海の姿はもうなかった。早朝から捜査に向かったらしい。

自分のほうが先に落ちてしまったけれど、昨夜はちゃんと眠れたのだろうか。

自分で脱いだ覚えのないワイシャツは脱がされて、下着一枚の姿で寝ていた。枕元には、室温に戻ってしまった保冷剤。瞼は腫れていない。全部、鳴海がやってくれたのだ。

申し訳ない気持ちに駆られつつ、以前にも借りたスウェットに袖を通して階下に下りれば、漂う空腹を刺激する香り。

ダイニングテーブルの上には、簡単な朝食の準備がされていた。ランチプレートに盛られた、ベーコンエッグと温野菜、全粒粉のテーブルパン。テーブルの中央、籠に盛られたリンゴとグレープフルーツが目に鮮やかだ。電気ポットの湯も沸いている。

皿に張られたラップを取れば、ダイニングに漂う香りが強くなる。電気ポットの横には、マグカップとインスタントコーヒー、ティーバッグの紅茶の箱まで用意されていた。

ダイニングテーブルについて、そしてそれに気づく。

小さなメモと、その上に置かれたこの家の鍵。以前にも渡されたスペアキーだ。

メモには、先に出る旨と、鍵は自分で持っているように、と書かれている。自宅に戻らないつもりなら、ここにいていいというのだ。

小さな鍵を、この日はじめて、見城は自分のキーケースにしまった。実家や職場の鍵と並べて吊り下げる。この鍵が自分のものになったような錯覚を覚えて、トクリと胸が鳴った。

容疑者は絞り込めた。あとは公判を揺るぎないものにするための証拠固めだ。任意同行ではなく、確固たる証拠を提示して、通常逮捕に持ち込みたい。

森下早弥子(もりしたさやこ)殺害事件を追う傍ら、鳴海はほかにも案件を抱えていた。過去、自分にまだ捜査方針を左右する発言力がなかった時分に迷宮入りしてしまった事件とか、事件解決後の被害者遺族へのフォローとか、それから服役中の犯人との繋がりも。事件を追うだけが刑事の仕事ではない。

常に犯罪と接する日常を送っていると、さまざまな人間関係に触れ、表にはもちろん裏にも情報のネットワークが構築される。そうしたなかから、Sと呼ばれる情報屋を飼っている刑事もいるが、鳴海はその都度、裏事情に詳しい人間から引き出すやり方をとっていた。情報は、捜査力の重要な要素だ。

それでも、官庁関係の情報を得るのは容易ではない。だから、どんな些細(ささい)な情報からも、その先を読み取り、想像することが必要になる。

「外務省総合外交政策局と警察庁警備局、か……繋がっているわけだな」

見城の兄と、その兄に頼まれて見城の人事に口を挟んできたと思われる人物の所属だ。外務省総合外交政策局には、対テロ対策にかかわる外交政策を担う部署がある。だとすれば、警備局と密接でもおかしくはない。それ以前に、どうやらキャリアの同期のようだが。

鳴海の脳内で、数々の情報が渦を巻いて、帰着点を見つけようと蠢いている。さまざまな証言や物証から犯罪を解決に導くときに、しばしば感じる思考のめまぐるしさだ。

驚愕に青褪めていた、見城とよく似た相貌。

見城との逢瀬を兄に目撃された夜、捜査に向かう直前に目にしたものに、鳴海は引っかかりを覚えていた。それから、兄の背後の闇に、たしかに存在した別の気配も。

あの公園は、人目を避けるにはいい位置にある。街灯も、決して明るいとは言いがたい。

その場で出くわした意味を、鳴海はずっと考えていた。

そこへ、捜査に出ていた閤田が部下を連れて戻ってくる。

「八十辺のアリバイは鉄壁だ」

またひとつ、捜査対象が絞り込めた。

「それと、ひとつ追加情報だ」

閤田がついで程度のつもりで口にした情報は、鳴海の混沌としていた思考に、一筋の道筋をつけるものとなった。

「川野は以前、警視殿の兄上と同じ部署にいた」

なんの役に立つとも言えないが、情報は情報だと報告を上げる。だが、鳴海の眼差しがスッと眇められるのを見て、閤田はおや？　という顔をした。

「総合外交政策局か？」

「いや、その前にいた欧州局で、だ」

所属課は別だったとしても、ひとつの部署であることに違いはない。

「交流は？」

「たいして親しいわけじゃなかったらしいが、キャリアの同期ではある」

「キャリアの？」

なるほど…と、呟く。

「使えるかもしれないな」

鳴海の想像が事実なら、そこから事件解決の突破口が開けるかもしれない。正攻法とは言いがたいが、官僚相手には姑息なくらいでちょうどいい。でなければ、裁ける罪も闇に葬られてしまう。

「悪い顔してるぞ」

鳴海が何か思いついたのを見取って、とても刑事とは思えない、女を百人くらい騙してそうな顔だなどと、闇田が失礼なことを言ってくれる。

「で？　おまえの悪知恵は何を閃いたんだ？」

面白そうに訊かれて、口許に笑みを刻む。

「聞きたいか？」

「……聞かないほうがよさそうだな」

付き合いが長いがゆえの、呆れの奥に期待の滲む長嘆。

事件解決に結びつくならなんでもいいさ、と閣田は肩を竦めて背を向ける。見て見ぬふりのポーズだ。

「心配するな。監察の呼び出しは俺ひとりで負うさ」

責任は全部自分が負うつもりだと補足すれば、見城との関係を知る相棒はまたも溜息。

「……嬉しそうに言うことかね」

閣田は今度こそ本当に呆れた顔で、両手を天に掲げた。

6

それは内密の呼び出しだった。

警察庁警備局——国家の安全と秩序の維持を責務とする、インテリジェンスと危機管理を担う部署だ。

久しぶりに顔を合わせた兄の友人は、理事官の肩書を持って、威圧感とともに少し先に腰を下ろしていた。

学生時代に、気安く声をかけてくれた人物とは別人だと、見城は気持ちを切り替える。

「異動の件でしょうか？」

失礼を承知で先に切り出せば、錐澤は「そう急がなくてもいいだろう」と小さく笑った。

「監察の仕事がずいぶんと気に入っているようだね」

「やり甲斐のある仕事だと認識しております」

四角四面な返答を口にすれば、

「刑事部への異動の夢は捨ててしまったのかな？」

たぶん兄から聞いたのだろう、限られた人間の前でしか口にしたことのない話を持ち出された。

「それ…は……」

気が緩みかけて、慌てて背筋を伸ばし「適材適所ですから」と返す。錐澤は、まったくそのとおりだと頷いた。

「君は監察官として充分に優秀だが、その能力の活かし場所としては違うのではないかと、常々私は考えていたんだよ」

常々というのは絶対に大嘘だ。異動の打診はもちろん、この呼び出しも、兄に頼まれてしていることだと、見城には確信がある。

だが、さすがに官僚の世界で出世の先頭を歩む男だけのことはある。腹の底がまったく見えないポーカーフェイスは完璧で、ときにその顔に浮かべられる情には、うっかりと心を動かされてしまいそうになるほど。すべて演技のはずなのに、だ。

「君の経歴に傷がつく前に引き抜きたい、という気持ちもある」

この言葉は、見城の人事に口を挟んだのが自分であることを、錐澤が認めたと受け取っていい発言だった。だが今は、駆け引きの途中だ。

「傷、と言いますと?」

見城は、意味を理解しかねると、錐澤に言葉の先を促す。

「キャリアの経歴に汚点は許されない。君も重々承知のはずだ」

「はい」

たった一度の失態が、出世の道を閉ざすのが官僚の世界だ。激しい生存競争に負ければ、警察の場合はかたちだけの出世で地方に下るか、もしくは他省庁と同じようにドロップアウト——天下りするしかなくなる。

「君の手を煩わせている、問題児がいるそうじゃないか」

そこへ繋がるのか…と、見城は納得した。監察に不備が生じれば、それは見城の汚点となる。だから、自分の用意した椅子に座らないか、と錐澤は言っているのだ。

「どこからそのような話が伝わったのかはわかりませんが、捜査員たちは皆、己の信念に従って懸命に犯罪を追っています。それを忘れて犯罪に手を染めた者には厳しい処罰も必要ですが、やむにやまれぬ状況であったのだとすれば、耳を傾けるのも監察の仕事だと私は理解しています」

微妙に話を逸らしたつもりだったが、錐澤は一筋縄ではいかなかった。

「鳴海(なるみ)警部補といったか……違法捜査はあたりまえの、監察の常連だそうだな。——甘いんじゃないのか?」

自分は監察部署の人間ではないが、客観的な意見として言わせてもらう、と錐澤はあくまでも見城と鳴海の関係から話題を逸らそうとしない。

兄がどこまで話したのかは不明だが、この口ぶりでは全部知られているような気がしてならない。

「私自身も己の信念に従って職務をまっとうしているつもりですが、理事官の目にそのように映るのでしたら、それは鳴海警部補の問題ではなく、私の問題だと思われます」

「己の未熟さを認めると？」

「経験不足は否めません」

きっぱりと言えば、錐澤はいくらかの驚きをその面に浮かべる。しかしそれすらも芝居がかって見えて、遊ばれている気になる。だが、それを不服と言えないのが上下関係の厳しいキャリアの世界だ。

「鳴海警部補に関しては、私のところにも各所から苦情がきていてね。君も近いうちにまた手を煩わされることになるんじゃないかな」

見城を警察庁に戻そうと画策する錐澤の放つ言葉の罠なのか、それとも本当に鳴海が無茶な捜査をしているのか。正式ルートで監察が言い渡されることがあれば、真実はおのずと知れるだろう。

「私は私の仕事をするだけです」

毅然と返して、「お話は以上でしょうか？」と場を辞す。錐澤は鷹揚に頷いた。その目に計り知れないものを宿して。

見城の背に走る、純粋な恐ろしさ。

絶対に錐澤のはったりだと思っていたのに、自室に戻った直後、見城に命じられたのは、鳴海の監察だった。


「証拠の捏造、恫喝、圧力行為……弁護士経由での正式な抗議です。事実関係の確認をしなくてはなりません」

今度こそまずいかもしれないと、見城の口調は硬い。

だというのに、呼び出された本人はというと、いつもどおりの余裕の態度。

「八十辺からですか？　川野からですか？」

「ご両人からです」

見城の返答を聞いて、鳴海は茶化した口笛を吹く。

「鳴海刑事……！　真面目に聞きなさい！」

鳴海と闇田が目をつけた容疑者二名から、執拗な捜査に対して、人権侵害だと抗議がきたのだ。マスコミを味方につけられでもしたら、保身体質の警察はますます動きを制限されてしまう。

場合によっては、今以上に捜査がやりにくくなるはずだ。余裕綽々の顔でふざけている場合ではないだろうに。

だが、見城の怒鳴り声も右から左の様子で、鳴海は悠然とそこにいる。

「勝算はあるのですか?」

「上からの圧力で事件そのものが握り潰されない限りは」

「それを回避するために、もう少し慎重な行動が必要なのではありませんか?」

「後ろめたいことがあるからこその抗議です。今は押すタイミングなんです」

不愉快さも露わに抗議などしてくるのは、逃げたい心理があるから。取り調べで「弁護士を呼べ」だの「訴えてやる」だのといった発言が聞かれるのは、初期の段階か、もしくは焦りが見えはじめたときが多い。

「それで捜査がつづけられなくなったり、それどころか処分を食らって刑事でいられなくなったら元も子もないと思いませんか?」

経験に裏打ちされた主張はわかるが、捜査から外されては意味がない。その危険を考えているのかと問えば、「できれば刑事はつづけたいですね」と、軽い口調で返された。

「だったら……! 私ごときの力には限界があって……」

担当監察官が自分だからこれまでなんとかなっていたものの、今回に限っては庇い立てできないところまできている。そう訴えようとした声は、言葉の先を察した鳴海の低い声によって遮られた。

「警視殿」

「……っ」

　自分の発言に私の感情が多分に含まれていることに気づいて、サーッと血の気が引く。正面にある鳴海の顔から、いつの間にか軽さが消えていた。

「監察の仕事は対象者を庇うことではないはずです。責任を取る必要があるときは、甘んじて処分を受けます」

　見城に庇ってもらおうなんて思ってはいない。言外にそう言われたのだと理解した。

「それを覚悟の上での行動だと？　抗議に対しても？」

「もちろんです」

　決してハッタリではない揺るぎなさ。鳴海は常に、この覚悟を抱えて捜査に望んでいる。見城もそれを知っている。それでも、監察官の仕事として確認をとらなければならない。

「捜査に確信を持っている、ということですね？　何を見つけたのですか？」

「監察官殿のお仕事の領域を超えているように感じますが？」

「抗議に対して、反論しなくてはなりません。そのための材料です」

　捜査にかかわってくるなと、暗に釘を刺されて、私情で尋ねているわけではないと、こちらも監察官としての顔で返す。

しばしの間。

鳴海の表情が、見慣れたインテリ然とした二枚目のものに変わって、それから、端整な口許に浮かぶ笑み。

「まだお話しできません。ですが――」

椅子を引く音が静かな部屋に響いて、見城は慌てた。

「鳴海刑事⁉　まだ話は……っ」

呼び止める声など無視して、鳴海は部屋を横切る。ドアノブに手をかけたところで、いったん足を止め、背後に視線をよこした。

「――近いうちに事件は解決します」

あまりにも自信に満ちた声だった。それゆえに、一瞬気圧されて、見城は引きとめるタイミングを逸してしまう。

「失礼します」

「……！　鳴海刑事！　待ちなさ――」

制止は間に合わず、閉まったドアに跳ね返るばかり。見城はデスクについた手をぎゅっと拳に握って、反射的に浮かせていた腰をドカリと椅子に戻した。

「……っ」

顎の前で手を組んで、苦い息を吐き出す。

鳴海の捜査は、多少強引ではあっても、間違ってはいない。誤認逮捕等といった一般市民に迷惑がかかる間違いを犯したわけでもない。

犯人だろう人間が、追い込まれた恐怖から喚いているだけのことだ。もうひとりは——想像の範疇を出ないが——今回の事件とは無関係でも、何かしらの犯罪に手を染めているに違いない。だからずっとマークしているのだ。

たぶんこの先は、チェックメイトに向かって一気に突き進むだけの時期にきていると思われる。となればもう、犯罪を追う猟犬たちを止める術はない。

いや、ある。自分がその旨記載した監察報告を上げればいいのだ。不当な捜査だと報告書に書けばいい。

「できるわけない……」

組んだ手に額をあずけて呟く。

錐澤の言わんとしたことは理解できる。こんなことをしていたら、見城にこそ監察が下りかねない。だからその前に、監察部署を離れろと。

「間違ってない」

自分も鳴海も。

そう、己に言い聞かせるように呟く。

間違っていないから、胸を張っていていい。それが許されないのなら、組織のありようのほうが間違っているのだ。

見城のもとから戻った鳴海と闇田は、いささか居心地の悪い刑事部ではなく、鑑識部屋に詰めていた。報告を待っているのも理由のひとつだ。

「任意で引っ張るか?」

「そうしたいところだが、すぐに弁護士が飛んできて、あっという間に釈放だろうな」

闇田の提案に微苦笑で返せば、それもそうだと嘆息される。

「例の映像の解析はまだなのか?」

ふたりが囲んでいるのは宮野(みやの)のデスクだ。闇田がはっぱをかければ、眉間にくっきりと縦皺を刻んだ宮野が顔を向けた。

「大量にあるんですよ。不眠不休でやっても限界があります」

無茶を言うなときつさのある目をさらにきつくする。寝ていないから余計、いつも以上に目つきが鋭くなっていて、容貌が整っているだけになかなか怖い。

「防犯カメラの顔認証システム導入が進めば、こんな苦労しなくて済むんですけど」

事件のあったホテル内とホテル周辺に設置された防犯カメラの映像を、片っ端から解析し

警視庁

なおしている真っ最中なのだ。最新の解析システムを使えば、荒いモノクロ映像も鮮明に分析できるが、時間を短縮することはかなわない。

そういった手間を省くために、街に設置された防犯カメラに顔認証システムを構築して、犯罪者リストと照合できる仕組みを導入してはどうかという話があるが、プライバシーの問題もあって、まず難しいだろうと言われているのだ。

「人権問題と絡むからな。国会の審議を通すのも難しいだろうさ」

「ということは、我々はこれからも眼精疲労と闘わなくてはならないわけですね」

目頭を揉んで、宮野は作業をつづける。同様に疲れた顔をしているのは、宮野だけではない。鑑識課員全員が、濃い疲労を浮かべている。

「ご愁傷様」

茶化した閣田は宮野に脛(すね)を蹴(け)られて低く呻(うめ)き、肩を竦めて口を噤(つぐ)んだ。

そこへ、鳴海の部下が血相を変えてやってくる。「やはりここでしたか」と呼吸を整えて、スーツの胸ポケットからノートを取り出した。

刑事はたいてい小さなノートを持ち歩いて、そこに聞き込みの内容をメモする。昔のドラマでは警察手帳にメモをとる光景がよく見られたが、あれは嘘だ。あんな量ではすぐに使い切ってしまうし、何より米国に倣って変更された今の警察手帳にメモ機能はない。

部下の報告は、目撃証言を得たというものだった。

「暗がりで顔は見えなかったと言うんですが、この通り、ホテルの裏口に近いんですよ」

駆け去るスーツ姿の男と、それを迎えに現れたらしき、大型のセダン。それが、ウインドウにスモークの張られた高級車だったから、覚えていたのだという。

街中では、近隣に住む人や働く人など、総当たりで聞き込みに回ってもかならず漏れが生じるから、こうした証言があとになって出てくることがままある。

「防犯カメラの死角だな」

「あのホテルは政財界の人間にも多く利用されてる。防犯カメラに記録されない場所をはじめから知っていたと考えられるな」

秘密裏の交渉を進めるときなど、裏口を使ったり、ダミーの車や交渉相手を用意したりといったことが、政財界ではまま行われる。

「車種とナンバーがはっきりすれば、自動車ナンバー自動読取装置(Nシステム)と自動速度違反取締装置(オービス)で探せるんですが……」

宮野が、もっと詳しい情報はないのかと催促をよこす。中堅どころの捜査員は首を横に振った。

「聞いたんですが、あまり車に詳しくないようで、黒くて大きな車としか証言が取れませんでした」

「当然、ナンバーを見てるはずもない、か……」

だがそれでも、政財界の上層部に身を置く人間が使う車種はだいたい限られている。曖昧な証言からでも絞り込むことは不可能ではない。もちろんそのぶん時間はかかるが。

「場所と時間を絞って探してみます」

「頼む」

ここからは時間の勝負だ。すべてが整うまでもう少し、焦れた犯人かその弁護士が、ブチキレないでいてくれることを願うのみ。

「問題はタイミングだな」

見城の呟きに、闇田が問う目を向ける。

鑑識部屋を出た鳴海は、あとをついてきた闇田にだけ、この先の心づもりを吐露した。


終業後、庁舎を出た見城が足を向けるのは、自宅ではなく鳴海の家だ。

電車の乗り継ぎにもだいぶ慣れた。それから、キーケースに提げた小さな鍵の重みにも。

仕事でどれほどすれ違っても、実家に戻ろうと思わないのだから不思議だ。母の顔が過らないわけではないけれど、兄が日本にいるうちは無理だろう。

そういえば、出国予定を聞いていなかった。母に連絡を入れてみようか……。

そんなことを考えつつ、駅までの道を辿っていた見城は、そのなかほどで足を止めた。少し先に見慣れたシルエットを見つけたからだ。

「兄さん……」

見城に気づいた兄は大股に歩み寄ってきて、有無を言わさぬ様子で腕を摑む。

「痛……っ、放してくださいっ、兄さんっ」

「ダメだ。家に戻るんだ。――お母さんが心配してる」

見城は摑まれた手を乱暴に払った。

「お母さんを出すなんて、卑怯です！」

母が心配しているなんて言われて、気持ちが揺れないわけがない。兄は見城の叱責など素通りで、己の価値観をそれこそ頑なに押しつけてくる。

「あの刑事にかかわっていたら、おまえの経歴に傷がつく。わからないのか！」

「わかりません！」

つい、大きな声で返していた。

道行く人が驚いて顔を向ける。それに気づいて、見城は緑の多い歩道を抜け、公園に足を向けた。しばらく行って、あとを追ってきた兄を振り返る。

「傷ってなんですか⁉」

錐澤も同じことを言っていた。それではまるで、己の出世のためだけに、組織も人間もあるようではないか。

「僕は、そんなことのためにキャリア試験を受けたわけではありません！」

綺麗事だとわかっている。でも見城の本心だ。それを知るがゆえに、バカバカしいと受け流すこともできず、兄は口を引き結んだ。

「いつかかならず後悔する日がくる」

「後悔なんてしません。自分を偽って生きるくらいなら、社会的に制裁を受けたって……っ」

父や兄を巻き込む可能性を理解しつつも、それでも本心ではそう思っている。そう、言いたい。

弟の発言を受けた兄は、途端に感情を荒立てた。見城も見たことのない激しさで怒鳴ったのだ。

「そんな簡単なものじゃないぞ！」

兄の激昂に、見城は口を噤んだ。その激しい感情をまともに食らって、紡ぐはずの言葉を見失う。

「兄さん……」

自分を案じる兄の気持ちは嬉しい。でも、これほど激しい憤りを目の当たりにすると、戸惑いのほうが強くなる。

「そんなに、いけないことですか？　そんなに……」

過去に見たことがないほどの形相で憤りを露わにされなくてはならないほど、この感情はあってはならないものなのか。否定されなくてはいけないものなのか。

まるで一般常識の規範のような人生を歩む兄には理解しがたいものだろう。でも、頭ごなしに否定される謂れもない。たとえ自分の将来を案じてくれているのだとしても、それでも……。

「兄さんとは、わかり合えない」

ポロリと零れ落ちた声は掠れて、震えていた。

憤りではない、悔しさと悲しさとに呼吸が喘ぐ。頭がグラグラしはじめる。

「志人（ゆきと）……」

兄は拳をぎゅっと握って、何かに耐えるように唇を噛んだ。その表情は、ふたりの関係がバレた夜に見た愕然としたものに通じて、見城は息苦しさに駆られる。

降り積もる沈黙。

だが、打ちひしがれる見城より、兄の意思のほうが強かった。

二の腕を摑まれて、向かっていた駅とは反対方向へ連れ出される。兄がタクシーを停（と）めようとしているのに気づいて、慌てて振り払った。

「志人」

諌める呼び声。見城は頭を振って、ジリッとあとずさる。

「すみません。僕は帰りません」

お母さんには心配しないように言っておいてくださいと言い置いて、その場に背を向ける。

「志人……！」

引きとめる声を振り切るように、駅まで全力で走った。


駆け去る細い背を、兄は追いかけることができなかった。

「志人……どうして……」

なぜこんなことになってしまったのかと、敬人は苦い思いを噛みしめる。

純粋なまま生きられるのならそれもいいだろう。だが弟は現実を知らない。父母も、そして自分も、末っ子可愛さのあまり、あまりにまっさらに育てすぎたのかもしれない。

官僚の世界は、鵜の目鷹の目でライバルの失脚をうかがう、サバイバル競争の世界だ。このままでは、弟はこの世界で生きていけない。

今のまま汚れないでいてほしい気持ちと、したたかに生き抜いてほしい気持ちとの葛藤。

弟は、官僚向きの気質ではない。でも、才能はある。

敬人にとって、隠蔽（いんぺい）体質を筆頭とした警察組織のありようなど、どうでもいいことだ。それが、弟に苦しみを与えないのなら。だが、状況が逆に進もうとしているのなら……。

携帯電話を取り出して、履歴のなかから該当のナンバーを表示させる。ここのところ常に一番上に表示されているナンバーだ。

「私だ」

数度のコールで出た相手に、短く用件を告げる。

「会えるか？」

潜めた声を通話口に落とす。その瞬間、敬人の鼓膜に蘇（よみがえ）ったのは、わかり合えないと悔しそうに呟いた、弟の苦しげな声だった。

鳴海が帰宅したとき、時計の針は日付の変更を告げてからずいぶんと進んだあとで、当然終電など終わった時間帯。

見城は、ベッドの上で膝を抱えていた。

足元に数冊の本が広げられた状態で転がっているものの、どれもまともに読んだ痕跡はない。

憂いを帯びた瞳に映るのは、己が信じてきた世界とは、色の違う厳しい現実だろう。

着替えてすぐに出かけるつもりでいた鳴海は、予定を変更して、バスルームに向かった。どのみち閤田からの連絡はまだ入っていない。

シャワーの湯の温かさを残した腕で痩身を抱き寄せれば、すっかり冷えた肌が徐々に自分の温度に染まりはじめる。見城は何を言うでもなく、ただ鳴海の腕に身を任せてきた。

見城の様子から、鳴海は何があったのかをはかる。柔和な見た目に反して負けん気の強い見城のことだ、仕事がらみならこんなふうに肩を落としたりはしないだろう。

となれば残る理由などひとつしかない。——家族がらみだ。

——兄貴にまた何か言われたか……。

兄弟愛の前には、鳴海とて平伏せざるをえない。自分の姉のように、おおらかに何もかもを受けとめるのも愛情なら、見城の兄のように、弟を思って厳しい態度をとるのもまた、深い愛情だ。

だがそこに、開示されない情報があるのなら、それはフェアとはいえないだろう。

胸元にかかる柔らかな髪を撫でて、見城が寝入るのを待つ。

安堵の表情と、規則正しい呼吸。やがて力を失った痩身がシーツに沈む。

その白い額に唇を落として、それから鳴海はそっとベッドを出た。

身なりを整えて、時計と携帯電話を確認し、家を出る。大通りまでの道を、時間を確認しつつゆったりとしたストライドで歩く。その途中で、闇田から連絡が入った。

鳴海がベッドを抜け出したことに、見城は気づいていた。

いや、ドアが閉まる音で、傍らの温もりが消えていることに気づいたのであって、決して狸寝入り（たぬきねい）りをしていたわけではない。だったら鳴海に見抜かれている。

なぜか鳴海の様子が気になった。

いつもなら、意識的に軽い言葉で揶揄って見城を怒らせようとするか、それでなければばたしかな言葉とともに抱きしめて、少しでも気持ちを浮上させようとしてくれる。

でも今晩は、ただ黙って抱きしめただけ。

見城自身が解決すべき問題だと、戒めるわけでもなく、何か別のことを考えていたような……。

――捜査のこと？

それにしては、まとう気配に鋭さがなかった。

不安になって、ベッドを抜け出し、軽装に着替えてあとを追った。

大通りに出る手前で、鳴海のシルエットを見つけることがかなった。だが、声をかけることはできなかった。

ピックアップに来た車にすぐに乗り込んでしまったのもあるが、それ以上に、厳しい表情と鋭さを増した気配がそれを阻んだ。

自らを猟犬と称する捜査員たちの持つ気迫。それが、見城の足を止めさせた。

迎えに来た車は捜査車両で、ステアリングを握っていたのは閤田のように見えた。だから、通常なら、やはり捜査に向かったのだな、と納得して引き返す場面だ。

なのにこのとき見城は、気づけば、走ってきたタクシーを停めていた。そして「前の車を追ってください」と、ちゃちなサスペンスドラマさながらのセリフを運転手に告げていたのだ。

7

鳴海（なるみ）が捜査の合間に調べていたのは、官僚の世界の人間関係だった。

犯人と目星をつけている川野（かわの）はもちろん、見城（けんじょう）の兄と、見城に人事の圧力をかけてきたその同期まで。

キャリアの世界は繋がっている。そして、互いを蹴落とす隙を常にうかがってもいる。

ならば、その権力闘争を、捜査に利用すればいい。

権力という名の圧力に対抗できるのは、意外に聞こえるかもしれないが、やはり権力なのだ。情熱や正義感でどうこうなるものではないことを、鳴海はすでに知っている。だったらもっと長いものに巻かれればいいではないかという指摘もあるが、腰巾着になればいいというものでもない。扱いづらい力には、おもねるタイミングも重要なのだ。したたかに利用するのでなければ、自分も巻き込まれる。

鳴海には、見城との逢瀬を目撃されたときの、敬人（たかと）の反応がずっと気になっていた。

あの絶望的な色を浮かべた瞳が何を意味するのか、ずっと考えていた。

積み重ねられる情報と己の目が映した情景とを重ね合わせて答えを引き寄せる。普通の人が気づかないことに気づくのが、刑事の嗅覚だ。

「後ろのタクシー――」

ステアリングを握る閤田がバックミラーにチラリと視線を投げる。

「――ああ、そうだな」

鳴海は、わかっていると頷いた。

ずっと車を追ってくる一台のタクシーの存在だ。すっかり寝入っていたはずなのだが、あの直後に目を覚ましたのだろうか。

「いいのか?」

「どうだろうな」

困った人だ…と胸中で呟きつつ、肩を竦めて返す。

閤田が車のスピードを落とせば、背後のタクシーもそれに倣った。

気づかれていないと思っていた。

以前に一度、完璧のつもりだった尾行をアッサリ見抜かれておきながら、どうしたらそう思えるのかと、バレたあとなら自分でも冷静に考えられるのだが、尾行の最中は、まったく信じて疑わなかった。

車の助手席から降りた長身は、ひとりで高層マンションのエントランスにつづくアプローチへと消えた。

——このマンション……。

敷地の端に掲げられた、マンション名を記したプレートを見て、引っかかるものを感じた。

その隙に、鳴海の姿を見失った。

——どこへ……。

もうマンションのなかに入ってしまったのだろうか。だとしたら、ここで待つくらいしか自分にできることはない。この手のマンションはセキュリティが厳重だ。

どうしたら…と考えるうちに、見城はあることに気づいた。

——ここは……たしか……。

その疑問に支配されて、自分がここで何をしていたのか、一瞬ではあるが思考から消え去る。周囲が見えなくなる。

だから、前にいたはずの人間の声が背後から聞こえたときには、見城は背をビクリと竦ませ、大袈裟(おおげさ)なほどに驚いてしまった。

「尾行の腕はまったく上達してないようですね、警視殿」

「……っ⁉」

目を見開いて硬直する見城の背後に歩み寄る靴音。

後頭部に落ちてくる嘆息と、そして肩を摑む大きな手。

身体の向きを変えられて、おそるおそる視線を上げれば、そこには見慣れた顔。すっかり刑事としての表情を浮かべているとばかり思っていた鳴海は、いささか呆れたような顔で見城を見下ろしていた。

その表情の意味を問うように、見城は長い睫を瞬く。鳴海は、わずかに眼差しを強くした。

「世の中には、知らないほうがいいこともある。ここで待つか、一緒に来るか、自分で決めろ」

「廉……」

そんなふうに言ってもらえると思っていなかった見城は、先ほどとは違う驚きに目を瞠る。だが、答えに迷うことはなかった。

「行きます」

鳴海がそう言うからには、本当は見城に知らせたくない何かをするために、ここに来たのだろう。でも見城は、どんなことでも鳴海と共有したかった。自身にかかわることならなおのこと。

「俺がなんのためにここに来たかわかっているか？」

「目的はわかりません。でも、ここに住む人なら知っています」

先ほどマンション名を見て見城が気づいたことだ。鳴海は「そうか」と頷く。そして、見城の背を促してエントランスへと足を進めた。

鳴海が押したのは、見城の記憶にもある部屋番号。

スピーカーから聞こえた声は、やはり思ったとおりの人物のもので、深夜の訪問だというのに、鳴海の名を聞いて、すぐにロックが解除された。

高層階の一室。

表札は出ていない。

だが、開いた玄関ドアの向こうに見たのは、予想どおりの人物だった。

「錐澤さん……」

このマンション名は、実家に届いた兄宛の郵便物のなかに、見た記憶のあったものだった。部屋番号も、なんとなく覚えていた。

「なかなかステキな時間の訪問じゃないか、鳴海警部補？」

「これくらいの時間のほうがよろしいかと思いまして」

狐と狸ならぬ、虎と狼の化かし合いのような印象を受ける。

「まあいい、上がりたまえ」

タイを抜いたワイシャツの胸元をいくらかはだけた、寛いでいたことがわかる姿で出迎えた錐澤は、さして嫌な顔もせずふたりを招き入れる。「失礼します」と礼を尽くしながらも、鳴海にも遠慮の様子はなかった。見城はただ、鳴海のあとをついていくだけだ。

だが、今はブラインドの下ろされた大きな窓が特徴的な広いリビングに通された直後、見城は過去に経験のないほどの衝撃を受けて、立ち竦むことになる。

シャワーを浴びたあとらしい。濡れ髪を拭きながら部屋を横切り、ソファへ向かおうとする長身。その顔を確認して、見城は驚愕した。

「煦（あつし）？　こんな時間に誰だった――、……っ⁉」

相手も、見城と鳴海に気づいて驚き、それからゆるゆると目を瞠る。

「……っ⁉　兄さん……⁉」

錐澤の部屋で、家主以上に寛いだ恰好でいたのは、見城の兄の敬人だった。

「志人（ゆきと）……」

状況を理解できない顔で呟いたあと、敬人は錐澤に咎める視線を向ける。その顔は青かった。懸命に溢れる感情をこらえている顔だ。

「……なんのつもりだ？」

ガウンの前を掻き合わせ、露わだった胸元を隠して、敬人は錐澤の前に立つ。

「彼が、話があると言うのでね」

錐澤はまるで悪びれた様子もなく、鳴海に話を振った。

「……？　話だと？」

怪訝（けげん）そうな顔をした敬人だったが、つづく鳴海の言葉を聞いて、青い顔をより青くした。

ガウンの合わせを摑む指が白くなっている。

「おふたりと、取引をさせていただきたいと思いまして」

ふいに部屋の温度が下がる。

敬人の血の気が引いたためだ。それに引きずられて、空気が凍った。

一方、そのやりとりを呆然と見つめるばかりの見城はといえば、兄の心情を慮（おもんぱか）る余裕もないままに、鳴海の制止を振り払って、兄に詰め寄った。

「兄さん？　どういうこと⁉　だってこれ……」

見城の視線が落ちた先は、ガウンの合わせから覗く敬人の胸元。それに気づいた敬人が、胸元をさらにきつく掻き合わせる。

「……っ」

垣間見えたのは、見城にも覚えのある鬱血（うっけつ）の痕だった。情痕だ。真新しい濃い痕が、白い肌のあちらこちらに散っている。そこから導き出される答えなど、ひとつしかない。——兄は、錐澤と関係を持っている。

「……着替えてくる」

震える声が、繕う言葉を紡ぐ。

兄の目が逸らされるのを見て、見城は感情を抑えきれなくなった。

「待ってよ！　誤魔化さないで！」

どういうことなのか、ちゃんと話してほしいと兄を引きとめる。敬人はつらそうに眉を顰めた。

「志人……」

首を横に振るでもなく、言い訳の言葉を口にするでもない。ただ顔を背けて、見城の目を見ようともしない兄の態度が、粟立つ感情をさらに逆撫でる。

「どうして？　だって、お義姉さんは？　錐澤さんだって……家庭があるのに！」

兄にも錐澤にも家庭がある。

なのに関係を持っているなんて、見城には信じられなかった。兄は倫理観の強い人だと思っていた。だからこそ、自分と鳴海の関係にあんなに強く反対したのではなかったのか⁉

「どうして⁉　僕には絶対にダメだって言ったくせに！　自分は……っ」

責める言葉が迸って、後ろから伸びてきた手に止められる。

「やめるんだ」

「でも……っ」

憤る見城の肩を宥めるように抱いて、鳴海は見城を諫める。その顔は落ち着いていて、鳴海の言った「知らなくていいこと」とはこのことだったのだと見城は理解した。

「……っ」

自分を棚上げして……！　と責める気持ちはたしかにあって、それでも兄のつらそうな表情を見れば、だからこそ、あれほどまでに反対したのだろうということも想像がつく。それでも吐き出した言葉を訂正する気になれず、見城は唇を嚙んだ。

兄にとって、錐澤にとって、家庭とはなんなのか。兄は義姉を愛しているのだとばかり思っていた。それとも錐澤との関係がただの情事なのか。もう、わけがわからない。

「着替えてこい」

兄に促すのは錐澤だ。

「おまえのその恰好をいつまでもほかの男の目に曝しておけるほど、俺も寛容ではないのでな」

茶化しているとしか思えない発言に、敬人がきつく目を眇める。

「貴様……こうなるとわかっていて……」

苦く吐き出す声には、濃い憤りと動揺とが滲んでいた。だがそれも、錐澤は平然と受け流す。

「その話はあとだ」

「……っ」

背を向けた敬人は寝室に消えた。ややして、錐澤とさほど変わらない恰好で現れる。錐澤にすすめられて、見城と鳴海はリビングのソファに腰を下ろした。

だが敬人は、リビングの奥のダイニングテーブルの椅子を引いて、腰を落とす。ふたりの向かいに腰を下ろした錐澤が隣に来るように言っても聞かない。

「もう全部バレてるんだぞ。腹を括れ」

投げられた言葉にも無反応のまま、兄は三人から目を背けた恰好で頬杖をつく。それを見た錐澤は、「しょうのないやつだ」と嘆息した。

その間見城は、膝の上で握った拳を見据えるばかり。動揺のあまり速まった血流は一向におさまらない。

その手に重ねられる、大きな手。

見城は、ゆっくりと伏せていた顔を上げた。

鳴海は正面に座る錐澤を見据えたまま。だが、気遣う意識がこちらに向けられているのを感じる。脈動が少し、落ち着いた。

「で、取引というのは？」

すでに何もかもわかっている口調で、錐澤は鳴海に問う。訊かれた鳴海もそれは承知の様子で、悠然と言葉を返した。

「森下早弥子殺害事件の捜査への圧力の排除と、見城監察官への人事的働きかけの白紙撤回を」

「取引ではなく、要求に思えるが？」

「いいえ、取引です。おふたりの進退がかかっていますから」

まったく悪びれることなく、鳴海はその言葉を吐き出した。

見城は目を見開いて、傍らの男の顔をうかがう。そこにあったのは、たしかに刑事の顔だった。

視線を投げれば、ダイニングの兄も、苦い顔で鳴海を見ている。だが見城の視線に気づいて、気まずげに視線を落とした。

「それでは脅しだ」

「そうとも言いますね」

鳴海の口調は緩まない。今日こそ事件を解決に導くつもりで、錐澤を訪ねてきたことがわかる。

「取引なら応じてもいいが、脅しに屈する気はないな」

「いいえ、取引ですよ。双方にメリットがあるのですから」

メリットと言いきられて、錐澤が微苦笑を浮かべる。分が悪いと諦めたのか、話を進めた。

「捜査に圧力をかけている人間はわかっている。――犯人は？」

「川野議員のご子息です」

鳴海が断定するのを聞いて、錐澤は頷く。だが、ダイニングにいた敬人が、「……川野だって？」と腰を上げた。錐澤の傍らに立って、鳴海に問う眼差しを向ける。

「あいつが？」

被疑者である川野という男と兄は以前同じ部署にいたことがあるのだという。知った人間が殺人を犯したと知れば、誰でも愕然とするだろう。

「じゃあ、捜査への圧力というのは……」

「二方向から来たと聞いている」

答えたのは錐澤。

「川野議員に頼まれた外務省経由警察庁と、《白蘭》の顧客に名を連ねていた、事件とは無関係の警察庁幹部、です」

言い当てるのは鳴海だ。

その警察庁幹部のバックには、警察ＯＢで今は政治家の八十辺の存在があった。政治的な取引と自身の保身から、警察庁幹部は圧力をかけてきたのだ。八十辺に恩を売れば、自身に政界進出の足掛かりができるとでも考えたのだろう。

一方の川野は、息子可愛さに己の権威を振りかざした。こちらのほうが憐れとは言える。

「この圧力を、俺たちに取り除け、と？」

「はい」

「無茶を言ってくれる」

「無茶ではないでしょう。黙らせるネタならある」

違いますか？　と取引を優位に進める鳴海の手元には、さらなる情報があるようだった。目ざわりな官僚を追い落とせるだけのネタを、錐澤は持っているはずだと言いきる。錐澤は、いくらか呆れた顔で鳴海を見た。

「よく調べたものだ」

言う声は感嘆に満ちているが、その奥には忌々しさが透けて見える。

「あなた方にとっても、出世の邪魔が減るのは喜ばしいことのはずです」

ライバルを蹴落とす手段など、選ぶ必要はないだろうと鳴海が言う。錐澤は低く嗤った。

「もう少し言葉を選んでくれたまえ。すべては競争原理だよ」

この男は着実に敵を蹴落とし、警察庁のなかで上り詰めていくのだろうなと思わせられる狡猾な笑み。それに返す鳴海の表情も充分に計算高いもので、見城は軽い眩暈に襲われる。

「待ってください。それはどう聞いても、取引ではなく脅しです。兄さんたちが断れないのがわかっていて、そんな……っ」

鳴海の腕を揺すれば、零れる、揶揄のこもった笑み。

鳴海のものではない。向かいの錐澤だ。傍らの兄がムッと眉を顰める。

「過保護に育てすぎだな、敬人。官僚の世界がどういうものか、ちゃんと教えてやったほうがいい」

見城の考えは甘いと、指摘されたのだと理解した。

そんな浅はかな正義を振りまわしているようでは、キャリアは務まらないと言われているのだ。

「錐澤さん……」

若くして要職につく錐澤には、それを可能にするだけの人脈も背景もある。

——背景……。

錐澤の出世が早い理由のひとつは、妻の出自だ。前警視総監の娘を娶ったことで錐澤の足場は確固たるものとなった。しかもその妻の兄も外務官僚だ。

そうした人脈を、兄と錐澤の関係を楯にとることで、鳴海は捜査に利用しようとしている。

いや、そもそも圧力などをかけてくるほうが間違っているのだから、はびこる権益を利用したところで、それは手段のひとつでしかない。

わかっている。

わかってはいるけれど、でも、反発を感じてしまう。

それが、錐澤に甘いと言われてしまう所以だとわかっていて、でも見城にはどうしても、官僚の価値観に染まりきることができなかった。

そして、それを利用しようとする鳴海に対しても、蟠りを拭えない。

鳴海には、信念がある。

被害者の無念を晴らすためなら、少々の無茶も、はびこる権益におもねることも利用することも、ときにはプライドを引き換えに情報を得ることも、躊躇わない。

そこには、人の命以上に重いものはないという、数々の凄惨な事件を目の当たりにしてきた刑事の、ゆるぎない信条がある。

地面に這いつくばってでも、ほんの小さな証拠を見つけ出す。そんな捜査の現場を知らない見城には、きっと一生持ち得ない、真の意味で理解することのかなわない、何ものにも揺るがない信念だ。

だから、受け入れなくてはいけない。

——森下さん……。

ときに、己の偽善的な感情の奥へと消えそうになる、被害者の顔を思い起こして、何より大切なのは、真実をあきらかにすることだと、自分を納得させる。

胸中で葛藤を繰り返す見城の傍ら、鳴海は錐澤から返される答えなどわかりきった顔で、言葉を待っていた。

「いいだろう」

どこか愉快そうに、錐澤が頷く。

「煦⁉　冗談じゃない！　そんなことをしたら……」

即座に反発を見せたのは敬人だった。

だがその指摘を、錐澤はあっさりと捻じ伏せてしまう。

「彼と取引をしているのは俺だ。おまえは交渉の場を放棄したんだからな」

「……っ」

口を出すなと言われて、敬人はぐっと声を詰まらせた。

「俺は認めない」

「何をだ？　彼らの関係か？　それとも、俺たちの関係か？」

「……っ!?　眴……っ」

いいかげんにしろと言うように、錐澤の語調が強まる。

敬人には、この取引を受け入れれば、見城と鳴海の関係を認めざるを得なくなるという心配があるのだ。自分たちの関係を隠そうと必死になっているわけではない。

兄の表情からそれが伝わって、見城は薄茶の瞳を揺らした。長い睫を伏せて、それから今一度視線を上げた。

「取引に応じることで、おふたりに不利な状況は起きないのでしょうか？」

捜査への圧力を取り除くためには、圧力をかけている人物に対して、なんらかの別の圧力をかけなければならなくなる。そのときに、腹を探られたりはしないのだろうか。

「志人？」

この状況で、見城が自分を気遣う言葉を口にするとは思わなかったのだろう、敬人が驚きにゆるり…と目を見開く。

「おふたりとも家庭をお持ちです。私たちより、おふたりのほうが関係が知れたときの危険度が高いのは考えなくてもわかることです」

事件は解決したい。私利私欲にまみれ、罪を逃れようとする卑劣な輩の存在を、白日のもとに曝したい。

でも、それによって、兄や錐澤が立場を失うのは、見城にとっても本意ではないのだ。

そんな見城の心配を、錐澤は無用な配慮だと笑い飛ばす。

「心配は無用だ。その程度の後ろ楯ではないのでね」

それを聞いて、一番怪訝そうな顔をしたのは敬人だった。志人は奇妙な引っかかりを覚えたものの、何をどう尋ねていいかわからず、問うことができない。かわりに、鳴海の側に立って言葉を紡いだ。

「今のままでは、被害者の無念を晴らすこともできないまま、事件は迷宮入りしてしまうでしょう。おふたりにとっては不本意な取引かもしれません。でもどうか、お力をお貸しください」

よろしくお願いします…と、頭を下げる。そんな見城の姿を、傍らの鳴海が眩しげに目を細めて見ていたが、当人が気づくはずもない。ただ敬人が、複雑な心情を映し取った眼差しで見つめるのみだ。

「脅されたことにさせてくれたほうが、こちらは気が楽だったんだが……頭を下げられてしまっては、そうもいかないな」

錐澤が苦く笑う。

鳴海も、口許に笑みを浮かべた。

「すみません、そんなつもりでは……」

交渉を有利に進めようと思って口にしたわけではない。純粋な希望だ。それが計算以上に一番性質が悪いと、見城にはわからない。だが、打算も計算もお手のものの男たちにしてみれば、何よりも手ごわいのは計算のない純粋な情熱だ。

そんな見城に、触発されたのかもしれない。

つづく錐澤の行動は、この場において、本来不必要なものだった。だがそこに、彼らの抱えた問題が滲む。

「ひとつ、教えてあげよう」

見城を捕らえていた錐澤の眼差しが、ほんの一瞬傍らに立ち尽くしたままの敬人に向けられる。

「……?」

怪訝に睫を瞬かせた見城の鼓膜に届いたのは、返されることなど微塵も期待していなかった——いや、ありえないと思っていた、どういうことなのかと兄ににじり寄ったときに見城が口にした問いへの返答だった。

「我々の関係は、ただの情事ではない」

錐澤が、傍らへ手を伸ばす。

「……⁉　煦⁉」

ふいに腕を引かれた敬人はバランスを崩して、錐澤の胸に倒れ込んだ。

しなやかな肢体を受けとめた錐澤は、敬人が体勢を立て直す前にその身体を拘束してしまう。次の瞬間、見城は息を呑んでいた。

――……っ⁉

驚きに見開いた視界に映るのは、濃厚なキスシーン。反射的に抗（あらが）おうとした敬人の腕を拘束した恰好で、錐澤が有無を言わさず口づけたのだ。

驚愕に目を瞠った敬人がもがいて、だが懸命の抵抗も力強い腕に捻じ伏せられる。拳を握った腕から力の抜ける瞬間が、見城の目に妙に淫靡（いんび）に映った。

その光景を、目を逸らすこともできず、息を殺して見つめる。

口づけから解放された兄が摑まれた腕の拘束を払おうとするのを許さず、錐澤は兄を抱いて放さない。結果的に錐澤の膝に抱かれた恰好で、その肩口に顔を伏せるしかなくなった敬人は、握った拳を震わせながら、もう一方の手で錐澤のワイシャツをきつく摑んだ。

「世間体を繕うために結婚しただけで、関係はもっと前からつづいているんだよ」

敬人の背がビクリと震え、それから低く呻く声。ワイシャツを摑む指先は、さらにきつく食い込む。それでも錐澤は、顔色ひとつ変えず、まっすぐに見城を見つめた。

「世間体……ですか」

「それも処世術のひとつだと、覚えておきたまえ」

そう言って、チラリと鳴海に視線を投げる。鳴海は苦さを孕んだ小さな笑みで、それに返した。

見城には、その意味をはかれない。

消化しきれないモヤモヤとしたものが、胸にこもって抜けない。

でも、兄を責める言葉も、錐澤に反発する言葉も、もはや出てはこなかった。

そのかわりに、寛容な言葉も口にすることはできない。嫌悪感があるわけではない。許せないと憤っているわけではない。裏切られたと嘆いているだけでもない。見城のなかを通りすぎたさまざまな感情の断片だけが残って、消化できないままにチクチクと胸を刺しているような不快な感覚だ。

ふいに二の腕を捕られて、ビクリと肩を竦ませた。鳴海の力強い腕が、見城の身体をソファから引き上げる。

「では、よろしくお願いいたします」

見城を片腕に抱いた恰好で、鳴海は悠然と頭を下げる。錐澤は、鷹揚に頷いてみせただけだった。

身体を支えるように抱えられて、部屋から連れ出される。

兄は顔を上げようとしなかった。

見城は、兄を振り返れなかった。

わけのわからない悔しさが胸を満たして、気持ち悪い。

近日中に、事件は解決をみるのだろう。森下早弥子の無念は晴らされる。だというのに、見城の気持ちは晴れない。

自分が甘いのだと、見城は胸中で繰り返し唱えた。

ひとつの信念を貫き通すために、何ひとつ犠牲にしないで済むほどに、世の中は甘くない。

——わかってるけど……っ。

わかりたくないと思うのもまた、ひとつの甘さであり、純粋さに裏打ちされた信念といえないだろうか。鳴海の腕のなかで、見城はずっとそんなことを考えていた。

8

鳴海が錐澤を訪ねた翌日の午前中に、捜査は動いた。

容疑者として、外務省勤務の川野が逮捕されたのだ。逮捕状を請求しての、通常逮捕だった。

邪魔な圧力を取り払ってみれば、事件のあらましは実に単純なものだった。

政治家のどら息子がお気に入りのホステスに執心するあまり、思い余って突発的に引き起こした殺人事件。

見城の名刺を欲しがったとき、被害者には不安に感じる状況があったのだろう。もっとはっきりとSOSを出していれば、結末は違っていたかもしれない。

関係を強要したところ拒絶されて、頭に血が昇ったのだという。気づけば女は息をしていなかった。困った男は父親を頼った。事件を隠蔽するために、父親である政治家とその秘書が、権威を振りかざしたのだ。

外務省とそして警察庁でも、密かに更迭人事が行われた。息子可愛さに愚かな行動に走った政治家に加担した官僚がいたのだ。実質的に捜査に圧力をかけていたのは彼らだった。袖の下を握らされ、いずれ出馬の機会を与えてやると言われ、そして以前からの出入り業者との癒着問題に目を瞑ることと引き換えに、協力せざるを得なかったらしい。

癒着問題と切り離しての更迭。捜査に圧力をかけた事実を隠蔽するためだ。癒着問題については、別途事件として扱われることになるのだろう。

「くだらない事件だ」と、一刀両断したのは閤田だった。

事件そのものが、ではない。くだらない男の自己満足な感情とくだらない自己保身のために、なぜ大切な命が奪われなければならなかったのか。くだらない男たちが振りかざす権威の前に、なぜ正当な捜査が妨げられなければならないのか。その経緯がくだらない、と言っているのだ。

「これで外務省も警察庁も上のポストがひとつずつ空いて、警視殿の兄上も錐澤理事官も出世しやすくなったってことだな」

「更迭されたのは、どちらも対抗派閥の人間だからな。そういうことになるだろう」

鳴海が錐澤に持ちかけた取引材料のひとつだ。

錐澤はしたたかに動き、目ざわりな存在を追い落とした。敬人は何もしていないはずだ。

錐澤が動いたことで、外務省側が引きずられたのだ。

「おまえの監察もお咎めなしで、とりあえずは一件落着だな」

「事件はな」

相棒の言葉に短く返せば、察しのいい閻田は「それが一番厄介な案件だな」と肩を竦める。

鳴海は「まぁな」と短く返した。

「汚れないでいてくれ、なんてのは守る側の傲慢だぜ？」

「わかっているさ」

わかっているから、錐澤を訪ねるときに、訊いたのだ。知らないほうがいいこともある。

それでも自分についてくるのか、と。

見城は行くと言った。柔和な面差しのその奥に、兄の敬人以上のしたたかさが潜んでいることを、鳴海は見切っている。たぶん敬人のほうが、脆さを抱えているはずだ。錐澤の言動の端々から、鳴海はそれを感じ取った。

「どこへ？」

「その警視殿のお迎えだ」

調べたところ、森下早弥子に葬儀を上げてくれる親族はなかった。遠縁は見つかったが、自分たちが遺体を引き取らなくてはならないのかと言われて、静かに憤慨した見城は、書類上の手続きだけを縁者に頼み、その他一切を自分が引き受けたのだ。

事件の事後処理もあって、鳴海には葬儀を手伝うことができなかった。見城は中学時代の同窓生に声をかけて、今ごろ遺体はもう荼毘にふされているだろう。

自分も後日改めて墓参りをさせてもらうという闇田と別れて、鳴海は庁舎を出る。まだ陽は高いが、事件解決後は短いながらも休みが与えられるのだ。その間に、残った問題を解決しなければ。

「汚れないでいてくれ、か……」

たしかに傲慢だな…と呟く。

闇田にはああ返したものの、心のどこかでそれを望む自分に気づかされて、鳴海は自嘲を零した。


あの夜、錐澤のマンションから戻ったあと、見城は泣くでも喚くでもなく、ただじっと空を見つめて考え込んでいた。

慰めの言葉を言うのは簡単だ。

諌めるのはもっと容易い。

だが鳴海は、何も言わず見城自身が答えを見つけるのを待つことにした。

守ってやると、たしかに言った。

だがそれは、汚いものに蓋をして、現実の厳しさから目を背けて、知らなくていい裏の事情を隠して、ただ無垢(むく)であれというのとは意味が違う。

穢(けが)れることを厭(いと)うのと、世間の裏で蠢く汚濁を見据える目を持つのとは、決して相反するものではない。清濁併せ呑む器量があれば可能なことだ。

細い身体が秘めた力を、抱き寄せた薄い肩からたしかに感じた。

見城は、鳴海の肩に小さな頭をあずけて、鳴海の手をぎゅっと握って、でもすがりついてはこなかった。

薄茶の瞳には、強い光が宿っていた。ときおり揺らいでも、でも決して消えることのない意志の輝きだ。

その瞳が何を見つけたのか。

それを今からたしかめに行く。


線香の香りに包まれた無縁墓地の前で佇んでいたら、ふっと瑞々(みずみず)しい香りが鼻孔をついて、次いで長身が傍らに立った。

白い菊の花束を手にした鳴海が視線を向ける。見城は「ありがとうございます」と小さく返した。

「皆、帰ったのか？」

言いながら、鳴海は花を供え、線香を上げて、故人に手を合わせる。

「はい。忙しいところを集まってくれて、助かりました」

見城の呼びかけに応じてくれた中学時代の同窓生たちは、決して多くはなかったが、皆で昔話をしながら、故人を弔ってくれた。

「ちょっとした同窓会でした。——あまりいい譬えではありませんけど」

「いや、喜んでるだろう」

湿っぽいより、明るく送ってもらったほうがいいと考える人は多いはずだと鳴海が言う。

「だといいんですが」と見城は口許に微かな笑みを浮かべた。

「手伝えなくて悪かった」

「いいえ」

「事件解決にも、時間がかかってしまった」

「……いいえ」

鳴海の声を聞いているうちに、じわじわと胸をせり上がってくるものによって呼吸が苦しくなりはじめる。

なんでだろう、今になって。

読経を聞いていた間も、青い空に昇る煙を皆と見守ったときも、平気だったのに。

視界が歪みはじめて、見城は喉を喘がせる。傍らから伸びてきたリーチの長い腕が、震える肩を抱き寄せた。

「……っ」

硬い筋肉の感触が、さらに視界を歪ませる。

「……っ、すみま…せん……っ」

泣くつもりなんてなかったのに…と、唇を嚙む。だがそれを、頰を撫でる指先のやさしさによって解かれた。

「今は、我慢するときじゃない」

旋毛(つむじ)に落とされるキスと鼓膜を震わせるやさしい声が、こらえにこらえたものを噴出させる。震える指先が、スーツの胸元に皺を寄せた。

理不尽に命を奪われた想い出のなかの少女——女性と、権力抗争の渦中で秘密を抱えて生きる兄の覚悟と、その余波によってときに過酷な状況に追い込まれながらも信念を枉げることなく犯罪と闘う恋人の苦悩と。

さまざまなものが見城のなかで渦巻いて、とうとうこらえきれなくなってしまった。

事件が解決した安堵もあった。

兄とすれ違ったまま日を過ごしてしまった自分への後悔もあった。

鳴海のとった手段に一瞬でも反発を抱いた己の甘さと、それを許してくれる男の懐の広さと、そしてそんな男に対して感じる止め処ない愛情と。

声を殺してひとしきり泣いて、それから見城は、涙を拭い、顔を上げた。

「もう、大丈夫です」

かろうじて笑顔をつくれば、鳴海の長い指が涙のあとの残る白い頬をそっと撫でる。指先から伝わる体温に励まされて、見城は気持ちを切り替えるための深呼吸をした。

「やっぱり、言われたとおりだったかもしれません」

「ん?」

「彼女が、初恋だったのかも」

初恋の相手なのかと問われて、バレンタインのチョコレートをもらった想い出があるだけだと答えた。でもやっぱり、森下早弥子は見城にとって、ほかの同窓生たちよりも、少しだけ特別な存在だった。

「妬けるな」

大きな手が見城の頭を抱えて、やわらかな髪を梳く。

「妬いてください」

切り返した言葉にゆるく目を見開いて、鳴海は口許に微苦笑を刻んだ。

「陽が落ちる前に帰ろう」

事件が検察の手に渡って、警察の仕事はひとまずここまでだ。久しぶりの休暇をゆっくりと過ごせるほどに世間が平和ならいいと願ってやまないが、鳴海が暇を持て余すことなど、捜査の第一線に属している限り一生ないと言いきれてしまうのが厳しい現実だ。

だからせめて、束の間の休息を。

ふたりは今一度、森下早弥子に手を合わせて、そして無縁墓地に背を向ける。ほんの一瞬、線香の芳香が強く香ったような気がして、見城は暮れはじめた空を仰いだ。

快適な走行をみせていた車がふいにスピードを落として、車窓に視線を投げていた見城は、ステアリングを握る男に問う眼差しを向ける。

路肩に車を停めた鳴海は、「どうする?」と見城に尋ねた。その視線は、少し先に待つ信号へと向けられている。

その信号を、左折すれば見城の実家方面に、右折すれば鳴海の家に向かうことができる。

「廉……?」

問いの意味を、ややして理解する。このまま鳴海のもとにいていいのか? と訊かれているのだ。それはイコール、家族の――兄との問題を、このまま放置していいのか、という問いになる。

目を背けていてはいけないと、背を押されている。

でも、どんな答えが正しいのか、示されることはない。それは、見城自身が探し当てなくてはならないものだ。

「……正しい答えが、見つからないんです」

「正しい答えなんて、この世のどこにもない」

返された言葉を聞いて、見城はゆるり…と瞳を瞬く。

「そのかわりに、絶対に間違った答えも存在しない。――問題から目を背けたまま放置することを除いては」

己の意思でアクションを起こす限り、どんな結論も間違いではないと言うのだ。

目が醒める思いで、見城は鳴海の横顔を見つめる。黙した見城に、やっと鳴海は視線を向けた。その目には、いつもの余裕の笑み。

「同棲解消ってわけじゃない。――荷物は置いておけばいい」

ひとり寝が寂しくなったのだろう？　と言われて、見城はカッと頬に血を昇らせる。

「そんな心配は……っ」

してません……と、繋がる語尾が掠れてしまって、見城は瞼を伏せる。そして、ポロリと本音を零した。

「無理ですよね、本当に一緒に暮らすなんて」

監察の目がどれほど厳しいものかは、自分が一番よく知っている。発覚して処罰の対象になる可能性は充分にある。実際、不倫関係が発覚した職員の処罰を、見城も担当したことがある。

個人の不利益も組織の利益なら、利用されかねない。公安部は、外部のみならず内部の情報も握っている。女性関係の隠蔽と引き換えに、意に沿わない仕事――到底警察の仕事とは大きな声で言えないような内容だ――をさせられることもあると聞く。見城との関係を楯に、鳴海に無茶な要求がなされることも考えられる。

警察職員にとって、世間という名のモラルに背く行為は、たとえそれが純粋な感情に裏打ちされたものであったとしても、絶対に許されないのだ。

「短い期間でしたけど、楽しかったです」

実家に向かってくださいと、鳴海を促す。

たまに泊まりに行くくらいは許してほしいけれど、生活の場を鳴海のもとに完全に移すのはどう考えても不可能だ。

「これ、忘れないうちにお返ししておきますね」

そう言って見城が取り出したのは、キーケースに提げてあった鳴海宅のスペアキーだった。

鳴海のもとにいる間、自分のものとして使っていたあの家の鍵。少し惜しい気持ちでそれを返そうとすると、鳴海の手が見城の手に握らせるようにしてそれを止めた。

鳴海は、苦い笑みを孕む嘆息をひとつ。

「それは、スペアキーじゃない」

「……？　じゃあ、なおさら……」

マスターキーのうちのひとつなら、なおさら大切に保管しておかなくてはいけない。マスターキーはたいていふたつあるからひとつが紛失しても問題はないけれど、スペアキーをつくっておいたほうが安心だ。

そんな気持ちで怪訝そうに長い睫を瞬くと、鳴海はとうとう我慢しきれなくなった様子で噴き出して、肩を揺らした。

「な、何がおかしいんですかっ⁉」

真剣な話をしていたはずなのに、鳴海にかかるといつもこうだ。誤魔化されて、なんの話をしていたのかあやふやにされる。

だが今回に限っては、鳴海にも適当にこの話を切り上げるつもりはないようだった。

「俺が捜査で帰らない夜でも、いたければいていいし、実家のほうが落ち着くならそれでもいい。この鍵は、返さなくていい。――この鍵は、おまえのものだ」

言われた言葉を、噛みしめるように胸中で反芻（はんすう）する。

じわじわと、胸の奥からくすぐったいような何かがせり上がってきた。

「……え？　じゃあ……」

　これって…と呟いて、掌のなかの鍵に視線を落とす。

　そのつもりだから、最初に渡したときからキーホルダーをつけていなかったのではないか、見城がいつも使っているキーケースに提げられるように裸のまま渡したのではないかと言われて、カァ…ッと頬に朱が差した。

　合鍵を渡したつもりが、スペアキーだと勘違いされて返されてしまっては、渡した側は立つ瀬がない。

　まだ時期尚早なのだろうと諦めて、鳴海は返された鍵を受け取った。いつか気づくだろうと思っていたものの、一向にその様子がなく、そのくせ一緒には暮らせないと寂しそうにしてみせる。鳴海が降参するよりないだろう。

「……鈍くてすみません」

　恥ずかしい気持ちでいっぱいで、顔が上げられない。それでも手のなかの鍵をそっと握って、硬く冷たい感触を慈しむ。

「重いですね。とても重い……」

　そんな言葉が零れ落ちていた。

「怖いか？」

　傍らから投げられる問いには、首を横に振る。その頬を撫でる掌は変わらず温かくて、見城は睫を震わせた。

後頭部を引き寄せられて、唇に温かなものが触れる。

外はまだ明るい。通りすぎる車のドライバーに、見られているかもしれない。ひやりとしたものが背を伝う。その事実をなかったことにはできない。

それでも、手放せない愛しさ。

兄は、錐澤の部屋の合鍵を持っているのだろうか。ふいにそんな疑問が湧いた。

──『そんな簡単なものじゃないぞ！』

兄の言葉の重さを思い知る。

簡単な問題ではない。それは、経験にもとづいた、重い言葉だった。

その兄に、自分は「兄さんにはわからない」なんて、ひどいことを言ってしまった。兄は誰より一番、その言葉の重さを知っていたのに。

──『いつかかならず後悔する日がくる』

兄は、後悔したのだろうか。

何を後悔したのだろうか。

錐澤との関係を断ち切れなかったことか、世間を欺(あざむ)いたことか、あるいはすべてか。

兄はどんな想いで、錐澤と関係を持ってきたのだろう。どんな想いで、家族の前で嘘をつきつづけたのか。これからも、嘘をつきつづけていくのか。

錐澤には、達観した様子しかなかった。

だが兄は、苦しんでいた。見城の顔を見るのがつらい様子で、苦しんでいた。

このままではいけないと、思ったときだった。

胸元から響く、携帯電話の振動音。短時間で切れたそれはメールの受信を知らせるもので、ディスプレイに表示される名を見て目を瞠った見城は、慌てて本文を開く。

「……兄さん……」

送信者名に見たのは兄の名だった。

開いたメールには、今日の最終便で赴任地に戻ると書かれている。

ディスプレイを覗き見た鳴海が、「最終便か…」と腕時計を見ながら呟いて、包み込んでいた腕が離れた。すぐに車のエンジンが唸(うな)りを上げる。

「廉?」

問う視線を向ければ返される、いつもの軽い口調。

「警視庁管内ならともかく、千葉県警に捕まったときには、なんとかしてください」

空港に行くのだろう？　と、速度違反で捕まったときにはキャリアの権威で揉み消してくれと、冗談としか思えないセリフが返される。

「千葉県警の交通課に知り合いなんていません。――違反金は私が出します」

だから存分に飛ばしていいと、こちらも軽い毒を含ませて返す。鳴海は「言ってくれる」と小さく笑った。

兄に会いに連れて行ってほしい。

話をする機会を与えてほしい。

揺るぎない眼差しをフロントガラスに向ける。直後に車は、タイヤを鳴らして急発進した。


車中で実家に電話をして、母に兄の搭乗便を確認した。

母は、家を出たきりの次男からの突然の電話に驚いた様子も見せず、「元気そうね」と言ったただけだった。

兄の姿は、空港のロビーで見つけることがかなった。

「兄さん……！」

見城の声に驚いて振り返った兄は、疲れた顔をしていた。

「志人（ゆきと）……」

錐澤の姿はない。

見送りには、来なかったのだろうか。

来られるはずもないのだろうと、疑問に感じた直後には自身のなかで答えを見つけていた。

兄の前に歩み寄って、そして、自分よりいくらか高い位置にある瞳を見つめる。何から話していいかわからなくて、見城は言葉を探した。

「廉の家の合鍵をもらいました」

ポケットからキーケースを取り出して、お守りのように握りながら言葉を紡ぐ。

「誰にも言えません。――兄さん以外には」

敬人は、ゆるり…と目を見開いて、見城が手にしたキーケースに視線を落とした。

「ごめんなさい。心配してくれたのに、この気持ちを捨てることはできません。欺くこともできません」

先にどんな障害が待っているのか、それはわからない。

兄や錐澤のように、世間体を繕う必要に迫られるときがくるかもしれない。それを拒否した見城に待つのは、兄が心配していたとおりのキャリアとしての脱落人生だ。

でも、それでも、恋情は捨てられないし、兄たちのような人生を選ぶことも見城には不可能だろう。

「おまえには、つらい恋愛をさせたくなかった。――傲慢で身勝手に聞こえるだろうが……」

それが自分の本心だと、敬人が吐露する。

「つらくありません」

今は、と注釈がつく感情なのかもしれない。いつか振り返って、あのころは何も考えてい

ニューヨーク
JL48
CA6660
erations now.
出発 (北口)
Departures (North Entrance)

なかったから…と、己の浅はかさを嗤う日がくるのかもしれない。でも、つらい以上に、きっと幸せでいられる。自分自身を裏切らない限り。そう信じていたいのだ。

「おまえは、強いな」

昔からそうだったと敬人が目を細める。必死に泣くのを我慢して、懸命に自分の背を追ってくる小さな弟。その姿は、大人の顔色をうかがうことに無駄に長けた子どもだった敬人の目に、何よりも眩しく映った。それが羨ましかったと、はじめて聞かされる兄の本心。

「僕こそ……兄さんは僕の憧れで目標です。これまでも、これからも、ずっとです」

見城が兄の背を追ってきたのは、兄のようになりたかったから。その気持ちは今でも変わらない。兄と錐澤の関係を知ったあとも、やはりその気持ちは変わらなかった。ただ、兄たちと同じ選択は、自分にはできないというだけだ。

「僕じゃ頼りないかもしれないけど、でも僕も共犯だから……だから……」

もうひとりで苦しまないで、と言うのはおこがましいかもしれない。でも、苦しさを分け合えるなら、そのほうがきっと楽だ。

兄の選択を受け入れるなどと傲慢なことを言っているのではない。自分が甘えたいのだ。兄と、ほかの誰にも言えない秘密を共有したい。それは見城にとって、これ以上ない支えとなる。

「おまえに嫌われてしまったと思っていた」

それがつらかったと、敬人が呟く。

「嫌いになんて、なれるはずがありません。たったふたりの兄弟なのに……」

一歩一歩歩み寄った見城は、そっと兄の手を取る。「ありがとう」と、掠れた声が少し上から届いた。

兄が口にした「つらい恋愛」という言葉の持つ意味。

つらい恋をしているのは、兄だ。見城が想像する以上に、きっと兄はつらい想いを抱えて生きてきた。

身勝手な男の言い分だと、詰る声もあるだろう。その身勝手の上に踏み躙られる家庭があるのだから。その一方で、責め苦を覚悟で世間を欺くことのつらさは、想像に容易いものではない。

握り返される手の強さに、兄の心情を酌み取る。

白い手が伸ばされて、小さなころよくそうしてくれたように、抱き寄せられた。

髪を撫でる手から伝わる、やさしさと苦悩。

背を抱き返すことで、それを分かち合う。

「いつか、全部話すから」

耳朶に落とされたのは、共犯者たりたいと望んだ見城への、返答と取れる言葉だった。

コクリと頷くと、今一度髪を撫でられて、それから肩を押される。促された先には、少し離れた場所で兄弟の抱擁を見守る鳴海の姿があった。

「今回は上手く監察を逃れたようだが、志人が泣くようなことがあれば、そのときは懲戒処分が待っていると思え」

鳴海を睨み据えた敬人が放った威嚇に、鳴海は口許に微苦笑を刻んで、ひょいっと肩を竦めてみせることで返す。

「兄さん⁉」

目を丸くする弟に、兄は微笑んだ。そして、鳴海に聞こえるか聞こえないか程度の声で、囁きを落とす。

「いいのを捕まえたな」

上出来だ、と言われて、見城はカッと頬が熱くなるのを感じた。「兄さんこそ」と返したくて、でも返していいものか迷って、ただ見つめ返すだけになってしまう。敬人はふっと眼差しを緩めて、今一度見城の頭を撫でた。

自分は大丈夫だからと、言われているように感じた。

「もう行くよ」

時計を確認して、敬人が踵を返す。

「気をつけて」

見城は子どものように手を振って、兄を見送った。

自分の背後で、鳴海が兄の背に深々と腰を折っていたことに、見城は気づいている。その肩に、後ろからそっと添えられる大きな手。

兄の姿は搭乗客の波に紛れて、やがて消えた。

空港のロビーにぐるり…と視線を巡らせて、もしかして姿が見えないだけで、この人ごみのどこかに錐澤の姿があるのかもしれないと考える。

兄と錐澤が選んだのは、そういう関係なのだ。それくらい重い罪を、ふたりで分け合っている。

羨ましいと、感じる自分が心のどこかにいた。

ふたりは罪という名の決して切れない絆(きずな)で繋がっているのだ。


高速を降りてしばらく。赤信号で鳴海が出した左折のウインカーを、助手席の見城が勝手に右へと切り替える。

すぐに引っ込めようとした手を捕られて、指先に唇が触れた。鳴海が、うかがう視線を向けている。

「……お休み、いただけたんですよね？」

精一杯の誘い文句だ。

実家に戻るつもりで鳴海の家を出たけれど、やっぱり今は、一緒にいたい。兄の背を見送ったときから、見城は強い焦燥感に駆られていた。

事件が起きたら、また会えない日がつづく。

だから、ともに過ごせる時間は少しでも長く一緒にいたい。

「そんな表情（かお）をされたら、帰りたいと言われても帰せないな」

唇の端に軽いキス。

信号が青に変わって、鳴海は右にハンドルを切る。

顔も身体も熱いのは、恥ずかしいからだけではない。


リビングに入ったところで背中から抱き竦められて、頤を捕られ、後ろからおおいかぶさるような恰好で口づけを受け取った。

情熱を吐き出すように貪（むさぼ）られる口づけに膝が笑いはじめて、ソファに倒れ込む。

縺（もつ）れ合うように互いの着衣に手を伸ばし、毟るようにネクタイを抜き取って、ワイシャツをはだける。

素肌の胸元に愛撫を落とされて、喉が甘く鳴った。全身が震えて、四肢から力が抜け落ちる。

ふっと、笑みが零れる気配がした。

重くなった瞼を上げれば、口許に微苦笑を刻んだ男の顔が目の前にある。

「な…に……?」

喘ぐ合間に問えば、男は「不謹慎だとわかってはいるんだが……」と言葉を継ぐ。

「喪服というのは、淫靡だな」

森下早弥子の葬儀からそのまま空港に向かったから、見城は喪服のままだった。線香の香りをまとっていながら、淫欲に支配されている背徳感。

玄関先で塩を撒(ま)いても、拭えない罪の意識。それでももう、止まらない。

「ほん…と、不謹慎……」

でも、自分も同じだ。だから、ゆるく握った拳でおおいかぶさる肩を軽く叩いて、それで許してもらうことにした。誰に、というのではなく、人としての倫理感に。

「……んっ」

白い肌を食む愛撫が、喉から鎖骨、薄い胸へと落とされていく。胸の突起に軽く歯を立てられて、見城は背を撓(しな)らせた。真っ赤になって尖(とが)ったそこから、酩酊(めいてい)を誘う喜悦が全身へと広がっていく。

背がソファに沈み込んで、全身で男の体重を受けとめる。心地好い重さが、甘い吐息を吐き出させる。ワイシャツ一枚の姿に剝かれて、腰を抱えられ、見城は無意識にも男の身体を引き寄せるように脚を絡めた。

荒っぽく肌を嬲る大きな手も、痛みを感じるほどにきつく吸う愛撫も、そして蕩けつつある肉体を暴く指先も。何もかもが愛しくて、見城はワイシャツに包まれたままの広い背をひしと掻き抱く。

「や…ぁ、は……っ」

内部を探る指の動きに背が撓る。

仰け反らせた白い喉に男の唇が落ちて、濃い痕跡を刻まれた。

「ひ……っ、あ…ぁ、……あぁっ！」

滾った熱が、蕩け戦慄く秘孔を暴く。

何度身体を繋いでも消えない最初の衝撃のあとには、理性の吹き飛ぶ快楽の波。鼓膜に届くのは、荒い呼吸と濡れた声。そして、渦巻く熱をどうすることもできず、救いを求めるように、愛しい名を呼びつづける。

「廉……っ、は…ぁっ、い……ぁ、あっ！」

跳ねる肢体を掻き抱く力強い腕。穿つ動きが激しさを増して、思考が白く染まる。

ソファの軋む音と、滴る汗の匂い。

肌と肌のぶつかる艶めかしい音が鼓膜を焼いて、理性が飛んだ。

「——……っ！」

声にならない声を迸らせて、広い背に指先を食い込ませる。最奥に叩きつけられる情欲が渦巻く歓喜の底から、常は隠された貪欲さを呼び起こす。見城は、しなやかな腕で黒髪を掻き抱き、逞しい腰に淫らに下肢を絡ませた。

余韻を引きずる内壁が、力を蓄えたままの鳴海自身を締めつける。

首筋に落とされる低い呻きが細波のような喜悦を呼んで、見城はむずかるように身体をくねらせた。

久しぶりに与えられた熱は、満足以上にさらなる焦燥を呼んで、その甘苦しさに痩身が身悶える。

震える肌に悪戯な唇を落としていた男が、それに気づいてクスリと笑みを零した。

「廉……」

涙の雫を湛えた睫を震わせて、見城は不服気な視線を上げる。その瞼に窘めるキスが落とされて、熱い息を吐き出した。繋がった場所をゆるり…と蠢かされて、ヒクリと喉が戦慄く。

「ん……っ」

甘い余韻にまどろんでばかりはいられなかった。

大きな手が、腰骨を摑む。

逞しい腕に背を支えられ、ふいに上体が起こされた。

「……っ⁉　や…ぁ、……っ！」

視界が逆転して、見城が鳴海を見下ろす体勢に持ち込まれる。無茶な行為に背筋を震わせ頭を振って、見城は衝撃に身悶えた。

「ひど……、ん…ぁ、あっ！」

自重で結合が深まり、さらに奥まで穿たれて、熱い吐息が零れる。逞しい胸板に手をついて、見城はかろうじて自身の身体を支えた。

「ひ……っ！」

下からの突き上げに、悲鳴に近い嬌声（きょうせい）が上がる。

「い…や、あぁっ！　あ……ぁっ、……っ！」

汗の浮いた肌と肌がねっとりと絡んで、突き上げに合わせて自然と腰が揺れる。本能が求めるままに揺さぶりに応じれば、大きな手が腰骨を摑んで、さらに激しく揺さぶった。

「や……ダメ……深……っ」

振り乱れる髪が汗で上気した頰に貼りつく。

「廉……廉……っ」

囈（うわごと）のように愛しい名を呼んで、追い上げられるままに頂へと駆け上った。

「んっ、あ…ぁっ、も……、——……っ！」

細い肢体が喜悦に震え、しなやかに仰け反る。その光景を、鳴海は下から目を細めて見つめる。その熱っぽい視線にも煽られて、見城は細波のように襲いくる余韻に喘いだ。

「あ……んっ、は……っ」

支える力を失った肘が崩れて、瘦身が広い胸に倒れ込む。

頭の芯が痺れたように朦朧としている。乱れた髪を大きな手がやさしく梳いて、見城はゆっくりと瞼を瞬かせた。

「ベッドへ行くか？」

見城の呼吸が整うのを待って、鳴海が額に唇を寄せながら問う。このままどろんでいたい気持ちのほうが強くて、見城は首を横に振った。

「もう満足したのか？」

意地悪い問いが耳朶に落とされて、見城は羞恥に眉を吊り上げる。だが、情欲に蕩けた瞳で睨んだところで効果などあるはずもなく、それどころか煽るばかりだ。

その証拠に、下から注がれる鳴海の眼差しには、濃い欲。より艶を増したかに見えるそれが、身体の芯を震わせる。「まだ足りない」と耳朶に艶めいた声が囁いて、首筋をゾクリとしたものが突き抜けた。

「ん……待っ……」

首筋に啄ばむキスが無数に与えられて、くすぐったさに身を捩る。すると繋がった場所がクチュリと濡れた音を立てて、たちまち頬が熱くなった。

双丘を摑まれ、腰を揺すられて、再び熱を焚きつけられる。立てつづけの行為に、昂る肉体と朦朧としはじめた思考とが悲鳴を上げて、見城は鳴海の胸に倒れ込んだ恰好で、額を逞しい肩に擦りつけた。

だというのに鳴海は、窘めるような淡いキスを繰り返し与えてはくれるものの容赦なく、蕩けきった内部を再び味わいはじめる。

今度はねっとりと執拗に、はぐらかすように、濃い欲を絶え間なく注がれて、意味をなさない声があふれる。瘦身が瘧のように震えて、すがる指先にも力が入らない。

「廉……いや……いや、だ……もう……っ」

嬲るような執拗さに思考が霞みはじめて、もはや何を喚いているのかもわからなくなる。

「ダメ……も…、あ……ぁっ、――……っ！」

立てつづけに追い上げられた肉体は、絶え間なく蜜を溢れさせ、長く尾を引く喜悦がわずかに残った理性を押し流す。

もはや指一本動かせなくなって、見城は男の腕に崩れ落ちた。

半ば気を飛ばした状態で、重くなった瞼を閉じる。広い胸から肌を通して伝わる鼓動が安堵を呼んで、幼子のような自分をおかしく思いながら、やがて意識の深淵に引きずり込まれる。

「志人？」

呼ぶ声に、何か返そうとしたところまではかろうじて意識はあった。でも、唇が動いたかどうかは定かではない。

見城が意識を取り戻したのは、たっぷりと張られた湯のなか。湯気の満ちたバスルームで、

鳴海の腕に囲われていた。

「廉……」

呼ぶ声が掠れている。喘ぎすぎて喉が嗄(か)れたのだと気づいて、気恥ずかしさに襲われる。

「大丈夫か？」

いささか無理をさせたと、甘い声が額に落とされる。ピチャリ…と湯音が立って、濡れた

髪を長い指に梳かれた。

「何か、怒ってます？」

以前にも、似たようなことを聞いた記憶がある。

精悍(せいかん)な顎のラインを辿るように指先を這わせれば、その手を大きな手に握られ、白い指を

弄(もてあそ)ばれる。

「どうしてそう思う？」

「だって……なんだか……」

頬が熱くなって、言い淀んだ。

鳴海が意地悪なのはいつものことで、ベッドの上では常に啼かされてばかりだけれど、でも今日はなんというか、いつもの執拗さとはちょっと違うように感じたのだ。

「わからないか？」

「……？」

間近にある顔を見上げ、とろり…と潤んだ瞳を瞬けば、まだ重い瞼に軽く唇が触れた。

「ヤキモチだ」

「……？　ヤキモチ？」

また？　という気持ちで問う。今回は、妬かれるようなことは何もなかったと思うのだけれど……。

見城が、わからない…と首を傾げれば、「兄弟仲がいいにもほどがある」と返された。

兄弟に妬いてどうするというのか。自分だって、隣県で温泉旅館の女将を務める姉とはずいぶんと仲のいい様子だったくせに、そんなふうに言われて、見城は不服気に眉根を寄せた。

「当然です。自慢の兄ですから」

ヤキモチを焼いても無駄だと言い返す。いつも鳴海にやられてばかりだから、たまにはやり返したいと思ったのだ。

「俺を煽るのが上手くなったな」

唇に軽く触れる笑みと、湯のなかで伸ばされる不埒な手。

「や……ぁ、んっ」

悪戯な指に欲望を搦め捕られ、ツンと尖ったままの胸の突起を弾かれて、痩身がビクリと震える。湯が波立って、バスタブから溢れた。

「廉っ、も……無理……っ」

これ以上求められたら、頂を見ない渇いた欲望ばかりが体内を渦巻いて、苦しくなってしまう。睨む視線の先には、ニンマリと口角に笑みを刻んだ、見慣れた男の顔があった。

「自分を焚きつけて、どんな厭らしいことをさせたいのですか、警視殿？」

耳に唇を寄せられ、意地悪いセリフが落とされる。

「な……っ」

慌てて身を引こうとしても無駄だった。

長い腕に囲い込まれて、逃げ場がなくなる。

真っ赤に染まった眦に唇が触れて、力強い腕に抱きしめられた。そして鼓膜を震わせる、先に聞いたものとはまるで違う真摯な声。

「俺たちには、俺たちにだけ、選べる道がある」

「廉……」

見城はゆるり…と目を瞠って、それからぎゅっと広い背にすがりついた。そして頷く。

組織に背を向けて逃げるのは容易い。

世間を欺いて生きるには相当な覚悟がいる。

それでも鳴海なら、常識に縛られ凝り固まった自分の価値観とも、兄や錐澤の価値観とも、違う道を示してくれるような気がする。

「寂しくても、つらい想いをすることがあっても、間違っていたとは思いません」

長い睫を震わせ、瞳を上げて、その中心に愛しい男をしっかりと映す。鳴海は「かなわないな」と苦く笑った。

湯のなかで抱き合って、瞳を合わせ、唇を啄ばむ。それがやがて濃密さを増していって、再び思考が蕩けた。

「湯あたりする……」と訴えたら、湯から引き上げられ、濡れた身体をろくに拭きもしないまま、ベッドに縺れ込んだ。

今度こそ意識が飛ぶまで抱き合って、見城は鳴海の腕のなかで朝を迎える。

夢現（ゆめうつつ）をたゆたいながらまどろむ意識の片隅に、たしかに感じる、いつ携帯電話が事件の発生を知らせるかというかすかな不安。絶対に拭えないそれを受け入れた先に、ふたりの時間がある。

たしかな腕が自分を抱きしめている。
その事実さえあれば、それでいい。

警視庁と違って警察庁の庁舎内は、やはり事務方の空気が強い。そして、政治の匂いがする。

いずれは組織の中核を担うだろう若き幹部の部屋に再び呼び出された見城は、デスクの向こうの男と対峙した。

「どうあっても警備部に来る気はないと？」

顎の下で両手の指を組んだ錐澤が、うかがう視線を向ける。見城は背筋を正して言葉を返した。

「身に余るお誘いではありますが、自分はまだ監察官職に就いて日が浅く、経験も不足しています。ひとつの仕事を極めてもいない人間が、お役に立てるとは思えません」

錐澤が、兄の望みで見城を鳴海から引き離そうとしただけだったのか、それとも本当に自身が身を置く派閥に引き入れようとして異動の打診をしてきたのか、その両方なのか、それはわからない。けれど見城には、今の職場を離れる気はなかった。

できるだけ鳴海の近くにいたいという気持ちだけではない。監察官として半人前の自分には、まだまだ経験が必要なのだ。監察官としてはもちろんのこと、人間としてさまざまな経験が。

錐澤は口許に意味深な笑みを刻んで、見城の言葉を受けとめた。

「では……そうだな、三年後くらいに、また誘うことにしよう」

こちらも本気なのか社交辞令なのか知れない。だが見城に返せる言葉はひとつしかなかった。

「ありがとうございます」

礼を尽くして、踵を返す。

その背に、先までとは違って聞こえる声が、思いがけない言葉を投げてよこした。

「君たちの選んだ道の行く末を、見させてもらうよ」

見城は、ドアノブに手をかけた恰好で、思わず振り返る。

錐澤は、椅子から立って窓の外を見ていた。逆光になった背中から、感情の機微を読み取ることはかなわない。

「錐澤さん……」

役職付きでも階級付けでもない呼び名は、上役に対してのものではなく、兄の友人――いや、恋人に対してのもの。

だが、自分が何を言おうとしたのかすらわからないまま、見城は口を閉じた。

その背に今一度腰を折って、部屋を辞す。

ドアの閉まる瞬間、遠く窓の外に広がる空に注ぐ眼差しを、錐澤がわずかに眇めたことを、見城は知り得なかった。


警察庁刑事局発表の犯罪統計書によれば、一年間に起きる殺人事件の認知件数はおよそ千三百件あまり。検挙率は九十五パーセント強と高く、二〇〇三年以降減少傾向にあった数字が、二〇〇八年になってともに増加した。つまり、理不尽に人の生命が奪われる事件が増えている、ということだ。

警察の人手不足が叫ばれるなか、どの部署でも捜査員たちはいくつかの案件を常に抱え、体力の限界まで捜査に駆けずりまわっている。なかでも刑事部捜査一課は、人の命がかかわるだけに、捜査員たちの覇気も尋常ではない。ひとたび事件が起きれば、彼らは獲物を追う猟犬がごとく、独特の嗅覚で犯罪者を追いはじめる。

それが日常だからこそ、休息は必要だ。

身体を休め、愛する家族や恋人との時間をゆっくりと過ごして英気を養うのもまた、犯罪を憎む気持ちゆえだ。精神状態が充実していなければ、わずかな手掛かりが犯罪解決に結びつく捜査の現場において、感覚を研ぎ澄ませることができない。

しかし、だからといって、英気を養う場所と時間は、弁(わきま)えなくてはならない。

警察庁から戻った見城は、自室のある警務部のフロアに向かう途中、廊下の端でふいに後ろから腕を摑まれ、近くの空き会議室に引きずり込まれた。

「……っ⁉　廉(れん)……⁉」

反射的に振り上げた拳を軽々と止めたのは鳴海で、そのときにはとうに見城の身体は鳴海の腕に捕らわれ、力強い抱擁に包み込まれていた。

「脅かさないでくださいっ」

庁舎内で自分にこんな不埒を働く存在などひとりしかいないわけで、本気で驚いたわけではないけれど、気恥ずかしさも手伝って、ついつい声を荒らげてしまった。

「少し時間が空いたもので。――ご迷惑でしたか？」

見城の部屋へ忍んで行こうとしていたところで、前を行く痩身に気づいたのだという。以前はふざけていると眉根を寄せたはずの軽い口調が、今は安堵を感じさせてくれる。腰に回した腕を宥めるように揺すられて、眉間に刻んだ皺を消さざるを得なくなった。

「異動の打診を、正式にお断りしてきました」

広い胸に身体をあずけ、錐澤の部屋を訪ねていたのだと隠さず報告する。鳴海は「そうですか」と頷いて、褒美のように額に唇を落とした。

それが物足りなくて、見城は胸元に添えていた手を男の首にまわす。

だが、時と場所を弁えなかったツケは、かならず巡ってくるものだ。

唇が触れる直前、鳴海の胸元から鈍い振動音が響きはじめて、見城は目を瞠る。鳴海は、瞳に苦い笑みを浮かべて、見城を抱いた恰好のまま、ディスプレイを確認した。

その表情が、スッと色を変える。

事件発生の連絡であることを、言われずとも見城は理解した。鳴海の顔が、刑事のそれになっている。

電話の相手は閤田だ。短い確認事項だけで通話を切って、鳴海は今一度見城の額に唇を落とし、踵を返す。

その背がドアの向こうに消える前に、見城は男の腕をそっと取った。

「気をつけてください。監察の呼び出しを受けるような無茶は……っ」

捜査に出れば、何があるかわからない。保身を考えろという意味ではなく、己の身を守ることを最優先してほしいと請う。それが結局、事件解決への早道のはずだ、と……。

見城の向ける真剣な眼差しに、鳴海はいつもの余裕の笑みと茶化したセリフとで返してくる。

「鋭意努力しますよ、警視殿」

甘い声と、唇の端で軽く鳴るキス。

物足りなさそうな顔をしたのだろうか、微苦笑とともに唇は再び戻ってきて、今度は深く合わされた。

「……んっ」

情欲の熾火(おきび)だけを残して、長身はドアの向こうへと消える。

見城は、ポケットからキーケースを取り出す。鳴海の家の鍵を下げたキーケースだ。

それをぎゅっと握った手を、そっと額に寄せる。男の無事をひとしきり祈って、そして上げられた瞳には、警察組織に身を置く者としての、毅然とした色があった。

ベーコンエッグ＋エプロン＝♥

休日前夜をともに過ごした翌朝、見城はいつもより早くに目を覚まし、鳴海の腕からそっと抜け出した。

向かった先は、一階のキッチン。

冷蔵庫を開けて、昨夜待ち合わせをしたときに深夜営業のスーパーで一緒に買い物をしたあれこれを取り出す。それから、シンク下の収納を漁って目的のものを引っ張り出した。

「よし」

気合いも新たに、まずは冷蔵庫から取り出したものを手にする。白くて丸い掌サイズのそれを、見城は睨むように見つめた。


見城がそっとベッドを出て行ったことに、鳴海は気づいていた。

いったい何をしようというのか。昨夜からずっとそわそわとしていて、抱き合っている最中も終始落ち着きがなかった。本人がそれを自覚していないから性質が悪い。

はじめは何か隠しごとでもしているのかと、多少手荒く攻め立ててみたものの、どうやらそういうわけでもないらしい。結局、落ちるように寝入った見城の眠りは深く、翌朝になっても様子がおかしいようなら、そのときに確認すればいいだろうと、瘦身を抱いて鳴海も瞼を閉じたのだ。

そして翌朝。

昨夜の疲れがそうとう残っているだろうに、自分より早くに目を覚まして——それだけ昨夜のうちから何かしら気にかけていた証拠だろう——そわそわとベッドを出て行く。

どこかへ出かける様子はなく、どうするのかと思っていたら、階下から物音が聞こえはじめた。

——何をはじめたんだか。

聞こえる音から想像するに、キッチンで何やらしている様子。

タイミングを見計らって様子を見に行くかと、鳴海はベッドを出てスウェットに足を通した。

足音を消して階段を下りる。

キッチンの様子をうかがえば、瘦身はシンクの前にあった。

カウンターには、昨夜帰宅途中に寄ったスーパーで買い込んだ食材が並んでいる。コンロにはフライパン、カウンターにはランチプレートが二枚並び、トースターにはいつでも焼けるようにすでにパンがセットされている。

——なるほど。

そういうことか…と、鳴海は胸中でひっそりと苦笑した。

スーパーであれもこれもと買い物籠に放り込んでいたときには、自分が食べたいのだろうと気にしていなかったが、卵にベーコンにライ麦パン、ヨーグルトにフルーツと、言われてみれば朝食の必須アイテムといえる食材ばかりだった。

ランチプレートには、すでにちぎったグリーンリーフとプチトマトが盛られている。

コーヒーメーカーがセットされていないのに気づいて、微笑ましい気持ちに駆られた。あの箱入りを地で行く見城に、完璧にこなされても、それはそれでなんだか寂しい。

そういえば…と、鳴海はあることを思い出して、キッチンの収納に目をやる。シンクで何やら懸命になっている見城を脅かさないように注意しつつ戸棚を開けて、記憶どおりの場所に見つけたものを取り出した。

収納を開け閉めする音で集中から引き戻された見城は、我に返って顔を上げた。

そこへ、後ろからふわりと回されるリーチの長い腕。「おはよう」と耳朶に落とされる甘い声。

「廉……っ」

　こっそりと抜け出してきたつもりだったのに、もう見つかってしまうなんて。まだ半分もできていないのに。

「おはよう、早かった……」

　焦る見城の視界を、白いものが横切る。何かと思えば、それはフリルの多用された真っ白なエプロンだった。

「これ……」

「姉の忘れものだ。——そういう趣味はない」

　瞳を瞬けば、耳元で零れる苦笑。

「……っ⁉　誰もそんな心配してませんっ」

　何を考えているのかと、視線を巡らせて睨む。眦に、甘いキスが落ちてきた。

「何を企んでいるのかと思っていたんだが……」

　エプロンの紐を結びながら、鳴海が愉快そうに言う。

「えっと……」

　以前、見城がこの家に泊まった翌朝、鳴海のほうが忙しいはずなのに、見城のために朝食を用意しておいてくれたことがあった。その完璧な出来を見て、なんでもできるのだなぁ……と感心して、同時に自分は何もできないと反省したのだ。

ずっと実家暮らしだから、家事一切と縁がなかった。

それでも、義務教育の家庭科の授業でひととおりのことは習うし、知識だけは豊富だから何をどうすればいいのかはわかっている。だから、やろうとしてできないことはないだろう。そう考えた。

料理を筆頭に家事に関しては、知識以上に経験がものをいうことなど知らない見城は、いつかのお返しに、今度は自分が鳴海のために朝食をつくろうと、実はずいぶんと前から心に決めていて、そのチャンスをうかがっていたのだ。

そして昨夜、鳴海宅へと向かう途中で、何か腹に入れるものを買い込んで帰ろうという話になったとき、今こそチャンスだと勢い込んだ。

鳴海から連絡を受けたとき、見城はもう鳴海宅の最寄り駅に着いたあとで、それなら外食よりは中食——惣菜などを買い込んで帰ったほうが自宅でゆっくりできていいだろうという話になったのだ。

その買い物のときに、さりげなさを装って、朝食の材料を買い込んだ。鳴海は何も言わなかったし、だから気づかれることはないだろうと思っていた。——ベッドを出るときに捕まらない限りは。

つまりは、ずっと思い描いていたままの完璧なブレックファーストを完成させて、それから捜査の疲れを深い眠りで癒やしているだろう鳴海を起こしに行くという、よくよく考えれば、いったいどこの新婚バカップルかと聞きたくなるようなシチュエーションを、頭のなかでずっとシミュレーションしていたわけだ。

手早くコーヒーメーカーをセットした鳴海が戻ってきて、見城の腰を抱く。後ろから腕を回されて、身体（からだ）の自由が制限される。邪魔をしているようにしか見えない行動に嘆息して、見城は背後の男を小さく睨んだ。

「邪魔しないで。もう少しですから、テーブルで待っててください」

「卵はどうするんだ？」

スクランブルエッグにカリカリベーコンなのか、それともベーコン入りのオムレツなのかと訊（き）かれて、「違いますよ」と、見城はわかっていない男の腕を軽く叩（たた）く。腰にまわされて離れようとしない腕だ。

「ベーコンエッグです」

動きにくいから少し離れてくれるように言っても鳴海は聞かない。

しかたなく見城は、小さめのボウルを前に、白い卵を手に取る。鳴海はその様子を、見城の肩越しにうかがっている。

まず見城は、卵が室温に戻っていることを確認した。

それからシンクの硬さを利用して、卵の中心を狙（ねら）って軽くひびを入れる。コンッと軽い音がして、白い殻にわずかにひびが入った。二度めはもう少し強く叩くと、いい具合に割れ目が入る。

今度はそれをボウルの上に持ってきて、高すぎず、低すぎず、位置を確認して、両手の指に力を加える。果たして卵はパカリと割れ、ボウルにぷるんっと滑り落ちた。

ここまで、およそ五分。

背後の鳴海が唖然としはじめていることにも気づかず、見城はふたつめの卵を手に取る。今度は三分ほどで生卵が顔を出した。

ホッと安堵の息をついて、ボウルのなかに白い殻が落ちていないかをたしかめる。

次いで向き合ったのは、まな板の上のベーコン。フライパンのサイズを考えても、これはこのままで大丈夫そうだ。

見城がシンク下の収納から取り出したのはテフロン加工のフライパンだったのだが、そんなことに気づかない——知らない見城は、ベーコンから相当な脂が出ることなど計算外で、同じくシンク下から見つけたオリーブオイルのキャップを捻る。

「たしか小さじ一だったはず……」

シンクの引き出しの一番奥で見つけた計量スプーンにオイルをたらし、そのときになってまだ火をつけていなかったことに気づいて少々慌てた。

だが、背後に鳴海の存在があることで醜態は曝せないという気概もあって、気持ちを落ちつけ、オイルを零さないように気をつけながら、コンロの前に移動する。

フライパンを熱して、そこへ小さじ一のオリーブオイルをたらす。オイルが温まったら中火から弱火に落として、ベーコンと生卵を投入するのだ。

だが、火加減がよくわかっていないために、ベーコンを置いてもフライパンからはジュウッと胃袋を刺激する音がしない。それに気づかないまま、見城は最後の難関にとりかかる。割った卵の投入だ。

二枚置いたベーコンのちょうど真ん中に、黄身を崩さないように、そっと落とさなくてはならない。ここで失敗したら目も当てられないではないか。

「……」

奇妙な緊張感がキッチンに満ちた。

ややしてポトリと零れ落ちた生卵は、目的の位置より少しずれて落ち着き、見城の口からは「ああ…」と残念そうな溜息が零れる。

次こそは…！　と、ボウルに残ったもう一個の生卵に気合いの視線を注いだときだった。

ボウルを持つ手に大きな手が重ねられて、それから首筋をくすぐる唇の感触。

「廉？　邪魔しないで……、……っ」

背後から頤を摑まれて、おもむろに唇を合わされる。

「や……ぁ、んんっ」

見城の手からボウルが落ち、キッチンにステンレスの乾いた音が響いた。

これを可愛(かわい)いと言わずしてなんと表現するのか。

見城の頭のなかにある料理の手順というのはたぶん、家庭科の授業で習った、教科書に載っていた、誰もそこまで考えて目玉焼きをつくらないだろう！　と突っ込みたくなるようなレシピ以外にないのだろう。

それが正しいとわかっていても、いちいちボウルに卵を割ってからフライパンに投入するなんて面倒くさい……いや、丁寧なことをしている人間がどれほどいるものか。家庭で食べるものなのだから、多少かたちが歪(いびつ)でも誰も文句は言わないし、黄身が潰(つぶ)れたとしてもご愛敬(あいきょう)だ。

火加減など、鳴海はたいして気にしたこともないし、男の料理の豪快さで、卵はフライパンに直接割り入れる。それも片手で。

コンロの脇(わき)には、フライパンの蓋(ふた)と、注ぎ入れる水――これもたぶんちゃんと計量されている――も準備万端用意されていて、微笑ましいとしか言いようがない。きっと以前から、昔に習ったレシピを復習していたに違いない。見城家なら、小中学校の教科書類もきちんと保存されていることだろう。

はじめ唖然として、やがて微笑ましさに駆られ、それが何気なく身につけさせたフリルたっぷりの白いエプロンの視覚効果もあいまって、鳴海のなかで不埒な欲求に変貌するのに、さほどの時間は要さなかった。

袖も裾も余ったスウェットは、鳴海のものを着ているからだ。あれこれ自分のものを持ち込むくせに、どういうわけかパジャマだけは見たことがない。

捲り上げた袖口から覗く細い手首と、スウェットのなかで泳ぐ細い身体。必死に卵と向き合う横顔はどこか幼く見えて、より庇護欲をそそる。

こんなに無防備で純真で、果たして本当に官僚の世界で生き抜いていけるのかと、その芯の強さを知っていてもなお、ついつい心配してしまう懸命さが滲む横顔だ。

だから、こんな可愛らしい姿を見せておきながら、まったくそれに気づいていないほうが悪いと軽く責任転嫁して、鳴海は細腰を抱える腕に力を込める。

ボウルを手にした見城は、「危ない」と咎める視線をよこした。——が、それさえももはや不埒な熱を焚きつけるスパイスにしかならない。気づいたときには、細い頤に手を伸ばしていた。

エプロンの下に大きな手を這わされて、見城は驚き目を瞠る。

「ちょ……、やめ……っ、……あ、んっ」

慌てて抗っても無駄で、素肌の上にはおっただけのスウェットの上着のファスナーを下ろされ、昨夜散々嬲られた胸の突起を摘まれた。

「廉……っ、ダメ……っ」

ここはキッチンで、朝食の準備の途中で、しかもフライパンが火にかかっているのだ。危ない上に、こんなことをする場所ではない。

だというのに鳴海は、まるで見城が悪いかのように言うのだ。

「こんな可愛い恰好で煽るのがいけない」

「な……っ」

振り返ろうとしたら、そのままシンクに押さえ込まれてしまう。スウェットの下の素肌をまさぐる大きな手が、昨夜の名残を残した肌に、いとも簡単に火を灯した。

「危な…い、から……あ…ぁっ、……んんっ」

スウェットの下を足元に落とされて、局部を直接まさぐられる。肩から落とされた上着も腕に引っかかっているだけで、ほとんどエプロン一枚という、みだりがましい恰好に剝かれてしまった。

「いや……あ…ぁっ、は……っ」

嫌だダメだと頭を振りながらも、シンクを摑む腕からはどんどん力が抜けていく。背後に腰を突き出した淫らな恰好にいつの間にかなっていて、より激しい羞恥に駆られた。朝のキッチンには、燦々と太陽光が降り注いでいるのだ。

割られた双丘の狭間に触れる逞しい熱の塊。

「……ぁ……」

蕩けきった瞳で背後を振り仰げば、眦に触れるやさしいキス。

「は…ぁっ、あ……ぁ、あっ」

じわじわと埋め込まれる欲望がたまらない喜悦をもたらして、我知らず腰が揺れる。はしたなく蜜を零す見城自身はエプロンの生地に包まれて擦られ、いつもとは違う快楽をもたらした。

「あ……んっ、い……や、あぁっ！」

吐き出した欲望をエプロンに受けとめられ、膝ががくがくと震える、だがまだ埋め込まれた熱は猛々しく内部を擦って、再び見城を焚きつけた。

「早いな。昨夜は足りなかったか？」

あれだけ可愛がってやったのに…と、耳朶に揶揄を落とされて、カァ…ッと頰に血が昇る。

「い…や、だ……も……っ」

涙目になって肩越しに睨んでも、荒々しさを増す律動は止められない。肌と肌のぶつかる

艶めかしい音と繋がった場所から生まれる粘着質な水音。明るいキッチンに満ちる淫靡な音が鼓膜を焼いて、二度めの頂に思考が白く染まった。

「あぁ……っ！」

「……っ」

ひときわ高い声と、背後から届く低い呻き。

最奥に熱いものが注がれて、それを味わうように腰が揺れる。力を失った身体は逞しい腕に抱えられて、シンクに上体をあずけた恰好で、見城は余韻に耐えた。

頤を捕られ、キスを求められる。

嫌だと首を振っても、宥めるようなキスが耳朶や眦に落とされて、結局懐柔されてしまった。

「……んっ」

繋がりが解かれ、身体の向きを変えられて、正面から口づけを受け取る。ぐったりと身体を広い胸にあずけて、だが、これで終わりではなかった。

「……!?　廉!?」

今度はダイニングテーブルに背中から押さえ込まれてしまって、見城は目を瞠る。

間近に迫る黒い瞳には、脳髄を蕩かす濃い欲が滲んでいた。

エプロンの下で、厭らしい蜜に汚れた白い太腿が露わにされる。「いやだ…」と全身を朱に染めて顔を背けても、執拗に注がれる視線を感じて、またも肌が熱を蓄えはじめる。曲げた膝の内側に落とされる唇。それが太腿を伝い落ちて、局部に辿りつく。

「あぁ……っ」

もはや理性も吹き飛んで、見城は鳴海の黒髪に両手を差し込み、ねだるように引き寄せていた。

いつもと違うシチュエーションにどっぷりと溺れて、ベーコンエッグのことなどすっかりと思考から消え失せる。

ふたりがハタと我に返ったのは、互いの鼻孔を、香ばしいのを通り越した焦げくさい匂いが掠めてから。

火事は免れたものの、見城が必死に取り組んだベーコンエッグは憐れ黒炭と化し、充満した煙の排出のために、その日一日中、換気扇をまわすはめに陥ってしまった。

リビングのソファで、見城は膝を抱えて頭からブランケットをかぶり、すっかり拗ねてそっぽを向いている。

それもいたしかたない。

ついついそそられるままに不埒をしかけて、見城があれほど懸命に取り組んでいた目玉焼きを、丸焦げにしてしまったのだから。

　そのお詫(わ)びにと、鳴海はキッチンに立った。拗ねた見城がブランケットから顔を出さないために、自分がやるよりなくなったのだ。

　白いランチプレートに、見城が途中まで用意していたサラダと、新たに焼いたベーコンエッグをのせて、カリカリトーストにはバター。ジャムと蜂蜜(はちみつ)は別に添えて、フルーツヨーグルトはガラスの小鉢に盛った。

　マグカップにコーヒーを注げば、軽いブランチの出来上がり、だ。身体がきついだろう見城のために、数種類のフルーツを組み合わせたフレッシュジュースも用意する。

　皿をリビングのローテーブルに運んでも、ブランケットの山は動かない。最後にフレッシュジュースのグラスをトレーにのせて運び、ブランケットごとそっぽを向く痩身を腕に抱え込んだ。

「志人(ゆきと)」

　呼べば、もぞりとブランケットの山が動く。顔を出そうとしてのものではない。よりそっぽを向こうとしているのだ。

　クスリと笑みを零したら、それが気に食わなかったのだろう、ブランケット越しに胸を叩かれた。そこが腕だとわかったから、上から摑んで拘束する。

「いいかげんにしないと、もっと恥ずかしいことをさせるぞ」

脅しともとれる言葉を甘く潜めた声で囁(ささや)けば、ブランケットの山がビクリと震えた。

しばしの沈黙。

ややして、天岩戸(あまのいわと)が開く。

すっかり膨れた頬と尖(とが)らせたかたちのいい唇、真っ赤に染まった眦には、口づけを誘う色香がある。

くしゃくしゃになった薄茶の髪を梳(す)いて、顔が見えるようにブランケットを剝(は)ぎ、胸に抱き寄せる。見城は軽く握った拳(こぶし)で、今度は肩を叩いた。がんぜない子どものような拗ね方に、頬が緩む。

ブランケットの下は、素肌のままだ。あの直後にキッチンから逃げ込んだ見城が、鳴海が仮眠用に置いていたブランケットをかぶって籠城(ろうじょう)したのだからしかたない。

肩まで露わになった白い肌には、無数の鬱血(うっけつ)の痕(あと)。明るいリビングにあって、それはたまらない艶(つや)を醸す。

「食べたらシャワーを浴びよう」

奥までちゃんと洗ってやると耳朶に囁けば、またも肩を殴られて、鳴海はその手を捕り、指先に口づける。それからローテーブルに置いたグラスを取り上げ、ストローを見城の口許(くちもと)に運んだ。

「美味しい……」

多少躊躇ったものの、空腹が勝ったのか、見城はフレッシュジュースに口をつける。

「ご機嫌がなおったならいいが……次こそ手料理をご馳走してもらえますか?」

茶化して問えば、不服気な色を湛えた薄茶の瞳が上げられた。

「……邪魔しないって、約束してください」

拗ねた声が条件を突きつけて、鳴海は苦く笑った。

「努力は惜しみませんが、約束はしかねますね」

ふざけた返答に尖らされた唇が「なぜ」と問う。鳴海は膨れた頬を解すように、大きな手で包み込んだ。

「惚れた相手があんな恰好で必死の顔でキッチンに立っていたりしたら、そそられないわけがないでしょう?」

「エプロンさせたのは自分じゃないですかっ」

ヘンタイ！　とひどい罵声が飛んでも、鳴海は甘んじて受け入れる。

「あなたがそうさせるんですよ、警視殿」

唇を寄せて、薄茶の瞳の奥を覗き込むように言う。次に聞こえた拗ね声は、先までのものとは少しニュアンスが違っていた。

「普通に呼んでください」

ふたりきりなのに、庁舎にいるときみたいにふざけないでほしいと言われる。まったく可愛くてかなわない。

「志人」

愛しい名を呼べば、への字に歪(ゆが)んでいた唇がやっと綻(ほころ)んで、「お腹が空(す)きました」と返される淡いキス。

英気を養うという言葉の意味を、鳴海は刑事になってはじめて、実感できた気持ちがしていた。

あとがき

こんにちは、妃川螢です。拙作をお手に取っていただき、ありがとうございます。

どうやら本編を書きすぎたらしく（汗）あとがきのページが少ないようなので、駆け足でごあいさつだけさせていただこうと思います。

汞りょう先生、今回もお忙しいなか、ありがとうございました。またこのふたりに会えるなんて、本当に嬉しいです。今後もご一緒させていただける機会がありましたら、そのときはどうぞよろしくお願いいたします。

妃川の活動情報については、ＨＰの案内をご覧ください。

ご意見やご感想、リクエストなど、お気軽にお聞かせいただけると嬉しいです。

そうそう。兄カップルを嫌わないでもらえると嬉しいなぁ……。彼らにも事情がある裏設定なので。そのあたりも、いずれお目にかけられる機会があるといいのですが。

それではまた、どこかでお会いしましょう。

二〇一〇年九月吉日　妃川螢

妃川螢先生、汞りょう先生へのお便り、
本作品に関するご意見、ご感想などは
〒101-8405
東京都千代田区三崎町2-18-11
二見書房　シャレード文庫
「密愛調書」係まで。

本作品は書き下ろしです

CHARADE BUNKO

密愛調書(みつあいちょうしょ)

【著者】妃川 螢(ひめかわほたる)

【発行所】株式会社二見書房
東京都千代田区三崎町2-18-11
電話　03(3515)2311［営業］
　　　03(3515)2314［編集］
振替　00170-4-2639
【印刷】株式会社堀内印刷所
【製本】ナショナル製本協同組合

落丁・乱丁本はお取り替えいたします。
定価は、カバーに表示してあります。

©Hotaru Himekawa 2010 ,Printed In Japan
ISBN978-4-576-10152-1

http://charade.futami.co.jp/

CHARADE BUNKO

スタイリッシュ&スウィートな男たちの恋満載
妃川 螢の本

密愛監察

感じやすいんだな。キスだけで、こんなになってる

イラスト＝汞りょう

監察官の見城志人は、刑事部捜査一課のエース・鳴海廉にほとほと手を焼いていた。それというのも、初めての調査対象だった鳴海にあっさり尾行を見破られ、淫らなお灸を据えられてしまったことが原因だ。いいように弄ばれ、それ以降、監察も軽くかわされる始末。そんな折、警察内部を揺るがす事件がおき……。